Christian Friedrich Wentrup

Beiträge zur Kenntniss der Neapolitanischen Mundart

Anatiposi

Christian Friedrich Wentrup

Beiträge zur Kenntniss der Neapolitanischen Mundart

Unveränderter Nachdruck der Originalausgabe von 1855.

1. Auflage 2023 | ISBN: 978-3-38200-870-3

Anatiposi Verlag ist ein Imprint der Outlook Verlagsgesellschaft mbH.

Verlag: Outlook Verlag GmbH, Zeilweg 44, 60439 Frankfurt, Deutschland
Vertretungsberechtigt: E. Roepke, Zeilweg 44, 60439 Frankfurt, Deutschland
Druck: Books on Demand GmbH, In de Tarpen 42, 22848 Norderstedt, Deutschland

Programm

des Gymnasiums zu Wittenberg

Ostern 1855,

womit zu der

öffentlichen Prüfung der Schüler

am 28. und 29. März Vormittags 9 Uhr

und zur

feierlichen Entlassung der Abiturienten

am 29. März Nachmittags 2½ Uhr

ehrerbietigst und ergebenst

einladet

Dr. Hermann Schmidt,

Director des Gymnasiums.

Inhalt:

Wittenberg, 1855.

Druck von Bernhard Heinrich Röbener.

Beiträge zur Kenntniss der Neapolitanischen Mundart.

Wenn man in neuerer Zeit das Studium der bisher unbeachteten oder verachteten Volksmundarten eifrig aufgenommen hat: so ist dies ein in mehrfacher Beziehung löbliches Beginnen. Es gewinnt dadurch zunächst die theoretische Betrachtung der Sprache, weil einerseits erst durch die Kenntniss der Mundarten die Schriftsprache ihr volles Licht erhält, da Stämme, Ableitungen, Formen, Redensarten in diesen oft allein oder in ursprünglicherer Gestalt vorkommen, andrerseits das Gesammtbild einer Sprache erst aus den einzelnen in den Mundarten zerstreuten Zügen sich zusammensetzt. Nicht minder aber erwächst daraus ein Vortheil in praktischer Beziehung, weil der Schriftsprache, die von dem Boden, auf dem sie erwachsen, losgelöst gar zu leicht der Erstarrung oder willkürlicher Sprachbildnerei anheimfällt, gerade dadurch die kräftigste Nahrung wieder zugeführt wird, dass sie aus den lebenden Mundarten fortwährend das Beste in sich aufnimmt. J. Grimm gebührt das Verdienst, dies in der Vorrede zur deutschen Grammatik zuerst auf schlagende Weise für die deutschen Mundarten erwiesen und dadurch zu einer Reihe werthvoller Arbeiten auf diesem Gebiete veranlasst zu haben. Aus demselben Grunde haben nun auch die Mundarten der romanischen Sprachen die Aufmerksamkeit der Sprachforscher auf sich gezogen, und die Werke von Diez, Fernow, Fuchs u. a. beweisen, welche ergiebige Ernte auf diesem Felde zu halten ist. Besonders verdienen die zahlreichen italienischen Mundarten eine genauere Beachtung, weil fast alle eine ziemlich hohe Bildungsstufe einnehmen und nicht nur in stehenden, meist komischen Rollen auf dem Theater eingebürgert sind, sondern auch eine mehr oder weniger ausgebreitete Litteratur sowohl in der lyrischen als epischen und dramatischen Gattung besitzen [*).

Die grosse Anzahl der italienischen Mundarten beruht einerseits auf der Verschiedenheit der ursprünglichen Volkssprachen [**), deren Einfluss jedoch nur selten noch erkennbar ist,

---

[*) Das Vorstehende mag zur Rechtfertigung dienen, wenn der Verfasser es versucht, im Folgenden einige Beiträge zur Kenntniss der neapolitanischen Mundart zu liefern. Ein dreijähriger Aufenthalt in Neapel machte es ihm möglich sich mit der Volkssprache näher vertraut zu machen. Wenn er trotzdem nichts Erschöpfendes bietet, so liegt dies in der Natur des Gegenstandes, in dessen innersten Kern ein Fremder niemals einzudringen vermag; wenn aber manches, was einer ausführlicheren Besprechung bedurfte, nur kurz angedeutet, anderes ganz übergangen ist, so ist der Grund davon in der Beschränktheit des zu dieser Abhandlung vergönnten Raumes zu suchen.

[**) Fernow p. 261 sqq. Fuchs p. 109—198. Blanc p. 623 sqq.

1

andererseits auf physischen Verhältnissen und geschichtlichen Ereignissen, die im Laufe der Zeit darauf eingewirkt haben. Das alte Italien zeigt schon eine grosse Mannigfaltigkeit der Volks - und Sprachstämme: im Norden den etruskischen, im Süden den japygischen und in der Mitte den altitalischen, der sich in den lateinischen und umbrischen abzweigt, wozu wieder der marsische und der samnitische (oskische) mit dem sabinischen gehören; dazu kommen noch gallische und griechische Mundarten *). Wenn nun auch später das herrschende Rom den unterworfenen Landschaften seine Sprache aufdrängte, so blieben doch provinzielle Eigenthümlichkeiten bestehen, ja überdauerten die Ueberfluthung fremder Elemente, die während und nach der Völkerwanderung sich unaufhörlich über die Halbinsel ergossen. In dieser kürzern oder längern Berührung und Verschmelzung mit germanischen, saracenischen, französischen und spanischen Einwanderern, in der Abgeschlossenheit der durch Flüsse und Gebirge gesonderten einzelnen Landschaften und Thäler ist aber die Hauptursache der grossen Verschiedenheit der Mundarten zu suchen, die bei der politischen Zerrissenheit Italiens sich bis auf den heutigen Tag schroff gesondert erhalten haben.

Am besten lassen sie sich in drei Hauptgruppen sondern: die mittel-, nord - und süditalischen Dialekte. Die Mundarten des mittleren Italiens zeigen verhältnissmässig die wenigste Zerstörung, sei es dass sich hier das römische Element am stärksten oder der fremde Einfluss am schwächsten zeigte; die nordischen haben dagegen durch die lange Herrschaft der Longobarden und durch die Nähe Frankreichs und Deutschlands stärkere Einwirkungen erlitten. Sie sind rauher, lieben Consonantenverbindungen und werfen die Endvocale gern ab, haben viel fremde Wurzeln und eigenthümliche Laute (z. B. Aspiration im Florentinischen, den französischen ü- und ö-Laut und das nasale n in den piemontesischen Dialekten). Die süditalischen Mundarten zeichnen sich wieder durch weichere, breitere Laute, vorherrschenden Vocalismus und Dehnung der Wörter aus.

Mittelitalien umfasst nun folgende Mundarten: a). die toscanischen: 1, die florentinische Mundart, 2. die Mundart von Siena, 3. von Pistoja, 4. von Pisa, 5. von Lucca, 6. von Arezzo; b) die römische. Norditalien: 1. die genuesische, 2. die piemontesische, 3. die mailändische, 4. die Mundart von Brescia, 5. von Bergamo, 6. von Parma, 7. von Pavia, 8. von Bologna, 9. von Venedig. Süditalien: 1. die neapolitanische, 2. die calabresische, 3. die sicilianische. Ganz vereinzelt steht die sardinische.

Unter den süditalischen Mundarten nimmt die neapolitanische neben der sicilianischen unstreitig die erste Stelle ein. Der Bildungsprozess dieses Dialekts ist freilich dunkel, aber jedenfalls analog der Entstehung aller romanischen Sprachen. Er ist eine selbständige, wenn auch nicht ohne gewaltsame äussere Einwirkungen vor sich gegangene Fortentwickelung des Lateinischen (Plattlateinischen). Das lateinische Element beherrscht den Sprachstoff und liefert die Formen; alle übrigen Einflüsse treten dagegen zurück. Doch sind sie in der Entwickelung der Lautgesetze und des Wörtervorraths nicht zu verkennen. Woher nun diese Einflüsse?

Zunächst ist man versucht, an das Oskische zu denken **). Der neapolitanische Dialekt, die Provinzen Abruzzo, Puglia und Terra di Lavoro umfassend, ist auf dem oskischen Sprachgebiete erwachsen. Sollte nun diese scharf ausgeprägte Sprache ohne Einfluss auf die Gestaltung des spätern Lateinischen innerhalb ihrer Grenzen geblieben sein? Wir können leider über den Sprachschatz der Osker nach den geringen Resten, in denen er erhalten, kein endgültiges Urtheil fällen, jedoch liegen die Lautgesetze und die meisten Flexionsformen durch die Forschungen Peter's, Th. Mommsen's, Aufrecht's, Kirchhoff's, G. Curtius',

---

*) Th. Mommsen, Röm. Gesch. p. 8 sqq.
**) Th. Mommsen, U. D. p. 205—215. Diez, Vorrede z. Et. Wörterb. p. IX sqq.

Lange's, Corssen's u. a. ziemlich klar vor Augen. Diese bieten aber nur schwache Analogien mit dem heutigen Neapolitanischen, und wo dergleichen vorhanden sind, weisen die neapolitanischen Formen vielmehr auf gemeinromanischen Ursprung hin. Dahin gehört z. B. die Neigung der Osker, ein *i* vor *t*, *l*, *o*, *u* einzuschieben, wie in *síthíhíbíd (Vinicius)*, *piíhíoí (pius)*; *tíurrí (turris)*, *písíttíaí (Sídíae)*, *meltíesíaís (Melissaeus)*. Aehnlich pflegt der Neapolitaner ein *i* vor *e* einzusetzen; allein die Verstärkung des *e* durch den Zulaut *i* (wie des *o* durch *u*) findet sich auch sonst häufig im Romanischen (z. B. im Span., Portug., Franz.). Wichtiger erscheint der häufige Wechsel der oskischen Tenuis und Media wie in *degetasuében deketas-*, *embratur* (lat. *imperator*); *d* im Auslaut sehr oft statt *t*, im Inlaut *Aderl-* neben *Atella*; allein der Uebergang der Tenuis in die Media ist allen romanischen Sprachen gemeinsam. Dagegen ist die im Neapolitanischen so häufig zur schärferen Hervorhebung der betonten Silbe eintretende Verdoppelung der Consonanten schon im Oskischen wahrscheinlich aus demselben Grunde vorhanden, z. B. *Ἀπελλονηι (Apollini)*, *malud (malo)*, *sollo (solum)*; *kerri -* vergl. *Ceres*, *poast (post)* (doch auch lat. *Juppiter* neben *Jupiter*, *Appulus* neben *Apulus)*. Bis durchgreifender Unterschied zeigt sich in der Neigung des Oskischen zu consonantischen Ausgängen und der Vorliebe des Neapolitaners für Vocalendungen; ebenso scheiden sich beide Sprachen scharf in Bezug auf Assimilation, die im Oskischen vermieden wird, im Neapolitanischen noch mehr als im Lateinischen Regel ist. Merkwürdig bleibt aber, dass die fast einzige oskische Assimilation des *nd* in *nn*: *opsannam (operandum)* dem Neapolitanischen im Gegensatze zum Toscanischen eigenthümlich ist. Vielleicht weist auch die häufige Verwandlung des *p* in *c* im Neapolitanischen auf das Oskische zurück. Da nämlich der Osker ein *p* hatte, wo der Lat. einen *k*-Laut setzte, z. B. *pis (quis)*, *pam (quam)* — wie neap. *pimmece* statt *cimex* — so abstrahierte er sich die Regel, dass er für osk. *p* lat. *c* gebrauchen müsse, und wandte sie dann auch auf die Fälle an, wo das *p* ganz an seiner Stelle war. Auffallend endlich ist die häufige Verwandlung des *d* in den *r*-Laut im Neap., ebenso auffallend als im Osk. die Vertauschung der Schriftzeichen für *d* und *r* [*]). Ob beide Erscheinungen in einem Zusammenhange stehen, und in welchem, halte ich jedoch vorläufig noch für ein Problem. Jedenfalls ist so viel sicher, dass osk. Einfluss im Neap., wenn auch vorhanden, doch nur selten nachweisbar ist.

Sollten aber nicht die griechischen Dialekte Süditaliens auf die Bildung des Neap. bedeutend eingewirkt haben? Griechische Kolonien, mächtig durch Handel und Reichthum, hervorragend durch Bildung und feine Sitten, bedeckten die Küsten Grossgriechenlands und traten in mannichfachen Verkehr mit den Ureinwohnern. Griechisch wurde noch bis spät ins Mittelalter hinein in Neapel gesprochen und geschrieben [**]), und noch heute giebt es griechisch redende Ortschaften in Apulien [***]). Dennoch ist griechischer Einfluss nur wenig im Neap. sichtbar, einige Bereicherungen des Sprachschatzes ausgenommen, z. B. *ballane (βάλανος)* gekochte Kastanie, *calare (χαλᾶν)* herabsteigen, *Catapano (στρατηγὸς ὁ Καταπάνος* bei Muratori I. p. 45) der griech. Statthalter in Neapel, *osemare (ὀσμᾶσθαι)*, *sbauzo (von βαλλίζειν)* Sprung, *strummole (στρογγύλος)* Kreisel, *tubba catubba (ὕττοβος κατ' ὕττοβον* nach Galiani) Art Tanz, *pede catapéde (πόδα κατὰ πόδα)* etc.

Viel bedeutender ist das in alle romanischen Sprachen eingedrungene germanische

---

[*]) Auf einem christlichen Sarkophage des Museo Borbonico No. 365 findet sich *fereles (fidelis) qui dixit*. Cf. überhaupt G. Stier, in Zeitschr. f. A. 1851 p. 470—472.

[**]) Der Principe di Belmonte ist mit der Herausgabe dieser mittelalterl. griech. Urkunden beschäftigt.

[***]) So versicherte mir der eben erwähnte Principe. Niebuhr erwähnt, dass auch in Rossano noch griech. gesprochen wird. Doch sind dies vielleicht neuere Ansiedler.

Element, das besonders durch die Ansiedlung der Longobarden in Süditalien und den langen Bestand des Herzogthums Benevent ins Neap. eindrang. Wörter germanischen Ursprungs sind z. B. *fressa* (mittelhochdeutsch *vlls* Bogen) Pfeil, *janco* (althochdeutsch *blanch*) weiss, *robba* (ahd. *roubôn*) Kleid, Sache, *schena* (ahd. *skênu*) Schiene, *schers* (ahd. *skarn*) Schaar, *schifare* (ahd. *skiuhan*) scheuen, vermeiden, *scumma* (ahd. *scûm*) Schaum, *vocare* (ahd. *wâgôn* wogen) rudern, *vozza* (v. *bôzen* stossen) Butzen, Beule etc.

Die Sarazenen, in Sicilien ansässig und in einzelnen Kolonien von den Hohenstaufen nach dem Festlande hinüber geführt (z. B. nach Nocera de' Pagani), waren eine zu vorübergehende Erscheinung, um bedeutende Spuren zu hinterlassen. Doch sind nicht wenig arabische Wörter ins Neap. wie ins Ital. überhaupt aufgenommen, z. B. *ammirante* (*al-dmir*) Admiral, *agostino*, span. *alguacil* (arab. *al-wazir*) Gerichtsdiener, *carciòffola* (arab. *al-charshufa*) Artischocke, *arragamare* (*raqana*) sticken, *tárzena* (pers. *tarzanah*, arab. *dâr ssenah*) Arsenal, *Scirocco* (arab. *sharq* Südosten) Südost-, für Neapel Südwestwind, etc.

Die Normannen, Franzosen und Spanier kamen erst, als der Dialekt sich schon vollständig ausgebildet hatte und setzten daher wenige Wörter ab, die lange in Neapel herrschenden Spanier verhältnissmässig noch die meisten, z. B. *alivante* Betrug (span. *alive* Verräther), *ammojenare*, *ammoinare* (span. *ammohinar*) verdriesslich machen, *arramárese* (span. *arrimarse*) sich anlehnen, *cáspita*, span. *cáspita* (von *conspectus*, span. *cospetto*?) Ausruf der Verwunderung, *encia* (span. *hincha*) Verachtung, *frisole* Geld (span. *frisol* Böhne), *granceare* (span. *grangear*) bewirthschaften, bebauen. Dagegen ist die häufige Uebereinstimmung des Lautwechsels, z. B. die Brechung des *e* in *ie*, nicht auf spanischen Einfluss zurückzuführen, sondern eine ebenso selbständige Bildung wie im Span., wie schon die Brechung des *o* in *uo*, span. *ue*, beweist.

Die Nachrichten über das Vorhandensein des neap. Dialekts gehen nicht über das 12. Jahrhundert hinaus. Dort treten uns die ersten poetischen Versuche an den glänzenden Höfen der kunstsinnigen Hohenstaufen in Neapel und Palermo: eines Friedrich II, Manfred, Enzio, entgegen [*]. In Prosa erscheint das Neap. zuerst in der Chronik des Matteo Spinelli *da Giovinasso* um 1250 (cf. Muratori, *Raccolta de' scrittori delle cose d'Italia* Bd. VII, p. 1064 sqq), und zwar fast in derselben Gestalt, wie es noch jetzt gesprochen wird [**]. Zu Dante's Zeit († 1321) hatte es schon eine bedeutende Ausbildung erlangt und genoss das meiste Ansehn unter den übrigen Mundarten. Dante äussert sich in seinem Werke über die Volksmundarten (*de vulgari eloquentia* c. XII) sehr günstig über dasselbe. Und in der That war das Neapolitanische auf dem Wege, die Schriftsprache der italienischen Nation zu werden. Schon hatte es sich über die Grenzen seines eigentlichen Gebiets hinaus verbreitet und übte auch auf andere Dialekte grossen Einfluss aus [***]. Dass das Toscanische später das Uebergewicht bekam, verdankt es nicht sowohl seiner innern Vortrefflichkeit, als vielmehr dem Auftreten Dante's. Er war durch seine *Divina commedia* der Schöpfer der italienischen Schriftsprache, wie Luther die deutsche durch seine Bibelübersetzung schuf. Je-

---

[*] Für das Folgende vergl. Galiani p. 44 sq.

[**] Die Abweichungen kommen zum Theil auf Rechnung der Orthographie. Man schrieb damals z. B. *dicto, victo*, sprach aber wahrscheinlich schon *ditto, vitto*, cf. Crecelius in Höfer's Z. f. d. W. d. Spr. Bd. IV. Heft I, S. 119.

[***] So erklärt sich nach Fernow p. 299 die Erscheinung, dass die Chronik des *Cola di Rienzi* von Tommaso Fiortifiocca, Bracciano 1624, in einem dem neap. ähnlichen Dialekte abgefasst ist, der dagegen mit der jetzigen röm. Volkssprache wenig mehr als die Assimilation des *nd* in *nn* gemeinsam hat.

doch nahm Dante nicht den florentinischen Dialekt, wie er vom Volke gesprochen wurde, sondern wählte vielmehr mit klarem Bewusstsein und feinem Takte das Edelste und Schönste aus allen Dialekten aus. Seine grossen Nachfolger, der Lyriker Petrarca, und Boccaccio, der Begründer der italienischen Prosa, bildeten die begonnene Schöpfung weiter, und die Accademia della Crusca in Florenz sicherte ihre Dauer. Auch in Neapel fand die neu sich bildende Schriftsprache bald Anhänger und Vertheidiger, besonders in den Mitgliedern der Accademia Pontana, aber erst nach langen und harten Kämpfen bürgerte sie sich vollständig ein und vertrieb das Neapolitanische nicht bloss aus den Schriften der Gelehrten, sondern allmählich auch aus dem Munde der Gebildeten. Einen neuen Aufschwung aber nahm das Neap. unter Alfons IV. von Aragonien (seit 1420), der dasselbe in allen schriftlichen Aufzeichnungen und öffentlichen Verhandlungen der Behörden anzuwenden befahl. Doch änderte sich dies seit der Vereinigung Neapels mit Aragonien (1504) unter der verderblichen Herrschaft der spanischen Vicekönige. Im Jahre 1550 wurde das Spanische sogar durch ein Decret zur Sprache der Regierung erhoben. Die Gelehrten und Dichter hatten sich schon längst dem Toscanischen zugewandt, und so blieb das Neapolitanische von da an auf die niedern Regionen der Volkslitteratur beschränkt. Namentlich zeigt sich der Verfall seit der Mitte des 17. Jahrhunderts, wo überhaupt durch die Revolution des Masaniello 1647 und die grosse Pest 1656 die litterarischen Bestrebungen einen Stoss erhielten, von dem sie sich im 18. Jahrhundert zwar wieder zu neuer Blüthe erhoben, doch ohne Rückwirkung auf den Volksdialekt.

Dennoch ist die Litteratur des Neapolitanischen sehr reich [*]. Sie hat ausser mehreren Chroniken sehr werthvolle Volksmärchen (*Lo cunto de le cunte* oder *lo Pentamerone*, von Giambattista Basile, Napoli 1637), selbständige Epen (*Micco Passaro nnammorato*, *La Vajasseide* von Cortese, *L'Agnano seffonnato* von Perruccio, *La Ciucceide* von Lombardi etc.), Travestien der Ilias, Aeneis, der *Gerusalemme liberata*, des *Pastor fido*, einen reichen Schatz lyrischer Poesien und dramatischer Werke aufzuweisen.

Auch jetzt noch erscheinen Volkslieder, fliegende Blätter, Komödien (theils ganz, theils in den niedern Rollen, besonders des *Pulcinella*) im neap. Dialekt. Der Werth der epischen und dramatischen Poesien ist in ästhetischer Hinsicht meist gering. Es herrscht darin durchaus die niedere Komik, die nicht selten ins Platte und Gemeine sich verliert. Der neapolitanische Volkswitz übt überhaupt seine drastische Wirkung nur durch das lebendige, mit den ausdrucksvollen Geberden und lebhaften Gesticulationen des Sprechenden begleitete Wort, geschrieben verliert er alle Kraft. Dagegen sind manche Volkslieder sehr schön und sinnig und verdienen mit Recht die Beachtung, die ihnen in neuerer Zeit zu Theil geworden [**].

Ehe ich zur Behandlung der Laut- und Formenlehre übergehe, will ich eine kurze Uebersicht der Hülfsmittel geben, die mir dabei zur Hand waren.

1. *Collezione di tutt' i poemi in lingua Nap.*, Nap. 1783 presso Giuseppe Maria Porcelli, XXVIII Bde in 8., nebst einer Grammatik und einem Wörterbuche vom Abbate Galiani. Die Grammatik ist trotz ihrer Unvollständigkeit und mancher, besonders aus der Vorliebe des Verfassers für das Neapolitanische hervorgegangenen wunderlichen Behauptungen schätzbar durch viele treffende Bemerkungen, namentlich durch die ausführliche Geschichte der neap. Litteratur mit beigefügten Proben. Das Lexicon ist leider nicht vollständig genug. Einzelne

---

[*] Da der Raum keine weitere Ausführung gestattet, verweise ich auf Fernow p. 475 sqq., der ein vollständiges Verzeichniss aller im Druck erschienenen Werke giebt.

[**] A. Kopisch hat mehrere der schönsten übersetzt; andere finden sich in der Egeria.

Ele
Be:
z. I
roh.
sch.
wdg

nach
gehei
sche
miral.
shufa
ssenah

vollstä
schend
räther).
(span.
Ausruf
Böhne).
bereinst:
luss zur
Brechun
. I
ährun
en der
io, ent
la Gio
. 106·I
ante
eiste
olksn
hat
erde
nd t
as
eln
Ile.

—

I.

II

sawsejone (*exactio*), *secotore* (*exsecutor*), *secosejone* (*exsecutio*), *sarssesejo* (*exercitium*); *i* in *dioma* (*idioma*), *mmaggene* (*imago*), *Tália* und *Táleja* (*Italia*), *luccine* (*ilicina* y. *ilex*), besonders bei der Praep. *in* in Compositis: *mmattere* (*imbuere*), *mmedolato* (gleichs. *inviduatus*), *mmideja* (*invidia*), *mmtero* (*in-versus*), *mmortale* (*immortalis*), *mmonnesse* (*immunditiae*), *mparare* (*impurare*), *mpejorare* (v. *in-pejus*), *mpénnere* (*impéndere*), *mpiso* und *mbiso* (*impensus*), *mportare* (*importare*), *mprestare* (*in-praestare*), *mmitare* *invitare*), *nnabissare* (v. *in-abyssus*), *nnante* (*in-ante*), *ncagnare* (*in-cambire*), *ncasso* (*incassum*), *nfettare* (*infectare*), *mmegestejone* (*indigestio*), *mmisejo* (*indictum*), *mmulto* (*inductum*), *rrassejonale* (*irrationalis*), *nsaccare* (v. *in-saccus*), *ntartenere* (*intertenere*), *nsolente* (*insolens*), *nsorare* (*in-uxorare*); *i* fällt ferner in formelhaft gewordenen Praepositionalverbindungen aus: *ncapo* (*in capite*), *nfatto* (*in facto*), *nfoce* (*in fauce*), *nfaccia* (*in fucie*), *nfi* (*in finem*), *mmantemonia* (*in-ante-omnia*), *mmitto* (*in dicto*), *mmintro* (*in-intra*), *mmanetate* (*in sanitate*), *mpoppa* (*in puppi*), *mpiede* (*in pede*), *mpremmipejo* (*in principio*). *o* fällt aus in *nore* (*honor*), *scuro* (*obscurus*), *penejone* (*opinio*), *rassejone* (*oratio*), *recenale* (*originalis*), *strossejone* (*obstructio*). *u* in *neversale* (*universalis*), *ssofrutto* oder *sofrutto* (*usufructus*), *no*, *na* (*unus*, *una*).

Im Anlaut ist endlich der Zusatz eines *a* sehr häufig, das meist als Abschwächung der Praeposition *ad*, bisweilen als reiner Vorschlag erscheint: *addomannare* (*ad-demandare*), *accojetare* (*ad-quietare*), *addecrejare* (*ad-recreare*), *addeilettare* (*ad-dilectare*), *annettare* (*ad-nectare*), *arragamare* (arab. *raqama*), *accà* für *cà* (*ecce hac*), *accossi* f. *cossi* (*aeque sic*), *addove* f. *dove* (*de ubi*), *addonca* f. *donca* (*tunc*), *addovonca* f. *dovonca* (*de-ubicunque*), *alleverenssia* (*reverentia*).

2. Im Inlaute verwandeln sich *i* und *u* wie die betonten gewöhnlich in *e* und *o*, und zwar das im Lateinischen zur Silbenbildung dienende *i* fast immer: *abbecenare* (*ad-vicinare*), *abbelluto* (*ad-villitus*), *deffecortà* (*difficultas*), *letecare* (*litigare*), *malegnetate* (*malignitas*), *maneca* (*manica*); *e* geht bisweilen in *a* über: *gallaria* tosc. *galleria*, *piatate* (*pietas*); auch *o* in *a*: *leparo* (*leporem*).

Wegfall von Vocalen ist häufig: *areccho* (*auric'lum*), *chiuppo* (*pop'lus*), *opra* (*opera*), *riecchio* (*ver'lus*), *sciecco* (*spec'lum*).

Zusatz seltener: *e* eingeschoben in *antoseaseno* (ἐνθουσιασμός), *battesemo* (βαπτισμός), *spasemo* (σπασμός), *gresema* (χρίσμα); *o* in *Majorano* (*Mariano*).

3. Im Auslaute werden alle Vocale in der Aussprache entweder weggelassen oder in *e* verwandelt; in der Schrift behält man sie bei, doch wird auslautendes *i* durchweg *e* geschrieben, so besonders in der Pluralendung. (Ueber auslautende Vocale in der Conjugation s. unten).

b. Tonlose Vocale im Verhältniss des Hiatus.

I. Ursprünglicher Hiatus.

1. Ruht der Ton auf dem ersten Vocale, so wird der Hiat gewöhnlich geduldet, oft aber auch aufgehoben durch Einschiebung eines Consonanten (*d*, *v*, *f*): *strudere* (*destruere*), *chiove* (*pluit*), *abbrajeco* (*hebraicus*), *arrojeco* (*heroicus*), oder durch den Ausfall des zweiten Vocals: *dì* (*dies*).

2. Ruht der Ton auf dem zweiten Vocale, so sind folgende Fälle zu unterscheiden:

a) *e* und *i* gehen vorher. Dann veranlassen *b*, *v*, *g*, *d*, *p*, *l*, *n* Synärese, indem *e* und *i* in *j* übergehen. Nach *b*, *v*, *g*, *d* behält *j* entweder die lat. Aussprache und der vorhergehende Consonant wird ausgestossen: *jastemmare* (tosc. *biastimare*, βλασφημεῖν) *gajóla* (*caveola*), *fojente* (*fugiens*), *juorno* (*diurnum*), *muojo* (*modius*), *oje* (*hodie*), oder nimmt die gequetschte Aussprache an und assimiliert den vorhergehenden Consonanten: *aggio* (*habeo*), *deggio (debeo)*, *Reggio (Rhegium)*, oder es verhärtet sich zu *g* und *c*: *tengo, tenco (teneo)*, *rengo, renco (renio)*, s. unter *j*. — Aus *pj* wird *ci*: *saccio (sapio)*, *saccente (sapiens)*. — Nach *l* und *n* behält *j* die lat. Aussprache: *aglio (oleum)*, *cudugna (κυδώνιον)*. — Nach *m* ist der Hiat erlaubt: *premmio (praemium)*, oder *mj* wird in *nj (gn)* verwandelt: *scigna (simia)*, *venegna (vindemiae)*. — Nach *c, t, s* wird *j* elidiert; *c, t* nehmen dann entweder den gequetschten Laut (*ci, gi*) an: *braccio (bracchium)*, *faccia (facies)*, *ragione (ratio)* oder den scharfen Zischlaut (*s*): *cauza (calceus)*, *Marzo (Martius)*, *palazzo (palatium)*, *chiazza (platea)*, *assozzare (ad-sociare)*; nach *s* fällt *i* meistens aus: *fasano (phasianus)*, *vaso (basium)*, *vasare (basiare)*. — Die unbetonten Endungen *-rius, a, um* stossen das *i* aus: *marenaro (marinarius)*, *mmonnezzaro* (gleichs. *immundītiārius*), wobei ein vorhergehendes *a* häufig in *e* verwandelt wird: *cocenéra (coquinaria)*, *lettéra (lectaria)*, *nevéra (nivaria)*, *preméra (primaria)*, *pepéra (piperaria)*, *saléra (salaria)*, oder in *ie* übergeht: *corriere (currarius)*. —

Doch wird in allen diesen Fällen der Hiat häufig durch Verwandlung von *e* und *i* in *j* und Einschiebung eines *e* (als *Schwa mobile*) aufgehoben: *accessejone (occisio)*, *addecrejare (ad-recreare)* *offizejo (officium, offizio)*, *bejáto (beatus)*, *campejone (campio)*, *crestejano (christianus)*, *curejuso (curiosus)*, *crejatura* neben *criatura (creatura)*, *fejácco (flaccus*, tosc. *flacco)*, *Innejano (Indianus)*, *mestérejo (mysterium)*, *monnezejone (munitio)*, *prorérbejo (proverbium)*, *passejone (passio)*. Vergl. **Million** — **Millejon**, Julius — **Júlejus**, *ἐλάα* — *ἐλαία*, ngr. *ἀκούω* — *ἀκούγω*.

b) *u* geht vorher, dann tritt gewöhnlich Elision ein: *battere (batuere)*, oder *v* wird eingeschoben: *rovina (ruina)*, auch *l*: *vedola (vidua)*, *mperpetolo (in perpetuum)*, oder der Hiatus bleibt: *vacuo (vacuus)*.

II. Hiat durch Zusammensetzung.

Gewöhnlich tritt Elision ein: *donde (de unde)*, *dove (de ubi)*, *rallerare (re-allegrare* v. *alacer)*, *raunare (re-adunare)*.

III. Hiat durch Ausstossung eines Consonanten

bleibt entweder: *aunire (ad-unire*, *aosare (ad-usare)*, *aornato (ad-ornatus)*, *riale (regalis)*, *prea (precatur)*, *vao (vado)*, *veo (vedo)*, oder wird aufgehoben durch Zusammenziehung *masto (magister, maister)*, oder Einschiebung: *nevoziante (negotians)*, *rerola (regula)*, *pavare (pacare)*, *paraviso (paradiso)*, *raco, vecco* neben *vao, veo* (aus *radjo, redjo* mit Verhärtung des *j* in *c* entstanden).

B. Consonanten.

1. Lippenlaute.

P. 1. Anlautendes *p* vor Vocalen und *r* bleibt: *pate (padre)*, *pahmme (palumbes)*, *poco (paucum)*, *piatà (pietas)*, *prummone (pulmo)*, *priévete (presbyter)*, *prete (petra)*.

2. Im Inlaut nach einem Vocale wird es verdoppelt. Dahin gehört auch der Fall, wenn anlautendes *p* sich eng an ein mit einem Vocal endigendes Wort anschliesst (*Dagesch forte conjunctivum*): *tréppete (tripedem)*, *duppio (duplum)*, *le ppene (poenae)*, *a ppate (ad patrem)*, *duppò (de post)*; nach *m* und *s* wird es bisweilen zu *b*: *mbiso (impensus)*, *mbrsso (praesto)*, *sbrénnere (splendere)*, *sbrennore (splendor)*; zwischen Vocalen zu *v*: *povero (pauper)*. In den meisten Fällen hält es sich aber auch im Inlaut. Ausfall wie in *rignere (re-implere)* ist selten.

3. *pl* wird immer *chi* (tosc. *pi*): *cocchia* (*cop'la*), *accucchiare* (*ad-cǫpulare*), *chiaja* (*plaga*), *chiajeto* (*placitum*), *chiano* (*planus*), *chieno* (*plenus*), *chianeta* (*planeta*), *chianta* (*planta*), *chianto* (*planctus*), *chiazza* (*platea*), *chiegare* (*plicare*), *chiummo* (*plumbum*), *chióvere* (*pluere*), *chiuppo* (*populus*), *chiù* (*plus*), *schianare* (*explanare*), *schiajare* (*explicare*); dagegen *piacere* (*placere*), selten *chiacere*.

pt verliert im Anlaut das *p*: *Tolommeo* (*Ptolemaeus*), im Inlaut assimiliert zu *tt*: *cattivo* (*captivus*), *rutto* (*ruptus*).

ps zu *ss* (oder *sci*): *isso* (*ipse*), *essa* (*ipsa*), *cassa* und *cascia* (*capsa*).

pl (s. o.) zu *cci*: *saccio* (*sapio*), doch auch statt *pl* zu *ff*: *súffece* (*supplex*).

B. 1. Im Anlaut bleibt *b* oder wechselt mit *v* *): *vagno* (*balneum*), *valanza*, (*bilanx*), *vasare* (*basiare*), *vammace* (*bombyx*), *varva* (*barba*), *vastaso* (neugr. βασταζος) *vattere* (*batuere*), *vallejare* (*baptisare*), *Velardino* (*Bernhardinus*), *vescuotto* (*biscoctum*), *vestiamma* (v. *bestia*), *viato* (*beatus*), *vocca* (*bucca*), *vuoje* (*boves*), *vraccio* (*brachium*), *vippeto* (*bibitum*).

2. Im Inlaute ist einfaches *b* seltener; gewöhnlich wird es a) verdoppelt zwischen zwei Vocalen: *abbeto* (*habitus*), *abbetare* (*habitare*), *abbonnare* (*abundare*), *lebberare* (*liberare*), *libbero* (*liber, a, um*), *nobbele* (*nobilis*), *notabbele* (*notabilis*), *ncomparabbole* (*incomparabilis*), *subbeto* (*subitus*), *robbare* (ahd. *roubôn*), *a bbascio* (*ad bassum*); auch vor *r*: *libbro* (*liber, bri*), *subbremetate* (*sublimitas*). — Oder es geht b) in *v* über, entweder zwischen Vocalen: *alcova* (arab. *algobbah*) **), *ave* (*habet*), *bevere* (*bibere*), *cánnavo* (χάνναβις), *controvare* (*conturbare*), *cravone* (*carbo*), *cravonaro* (*carbonarius*), *cravunchio* (*carbunculus*), *dúvejo* (*dubius*), *guveto* (*cubitus*), *trevolare* (*tribulare*), oder vor und nach *r*: *Ottovre*, neben *Attrufe* (*Octobris*) ***), *acievre* (*acerbus*), *Calavrese* (*Calabrese*); — *arvuto* (*arbustum*), *erva* (*herba*); seltener in *f*: *scarafune* (*scarabaeus*), *Attrufe* (*Octobris*), und in *p*: *appe* (*habuit*), *vippeto* (*bibitum*), *consoprino* (*consobrinus*). — c) *b* fällt aus intervocalisch oder nach *m*: *avunnare* (*abundare*), *aite* (*habetis*), *aimme* (*habemus*), *cagnare* (*cambire*, *cambiare*). — d) *b* wird eingeschoben zwischen *mr* (wie gr. μεσημβρία) *sembrare* (*simulare*), *Nembrotto* (*Nemrod*).

3. Assimiliert wird *b* in *bv* zu *vv*: *sovverso* (*subversus*); *bj* zu *ggi*: *aggio* (*habeo*), *soggetto* (*subjectum*); *bt* zu *tt*: *sotto* (*subtus*), *sottile* (*subtilis*); *mb* zu *mm* (wie westfälisch *Hämmerte — Himbeere*, *Brammerte — Brombeere*,: *cémmaro* (*cymbalum*), *gamma* (*gamba*), *mmattere* (*im-batuere*), *mmasciatore* (tosc. *ambasciatore*), *tamurro* (pers. *tambúr*, arab. *tonbúr* Cither), *trommoné* (v. *tromba*), *palumme* (*palumbes*), *vammace* (*bombyx*). — In *bl* verwandelt sich *l* in *j* und *b* fällt ab (tosc. *bi*): *jenno* (*blond*), *janco* (ahd. *blanch*), *jastemmare* (βλασφημεῖν *bestemmiare — biastemnare*).

F bleibt meist unverändert: *frate* (*frater*), *frebbe* (*febris*), *foco* (*focus*), *forse* (*forsan*). *Fl* geht leicht in *sci* über (wie im Portug.): *sciamma* (*flamma*), *scianco* (portug. franz. *flanc*), *sciumme* (*flumen*), *sciore* (*flos*), *scionna* (*funda* mit eingeschobenem *l*), *sciato* (*flatus*), *sciocco* (*floccus*, tosc. *fiocco*), *sciaccola* (von *fax* mit eingesetztem *l*) †).

---

*) Galiani p. 8 bemerkt, dass in den meisten Fällen *b* und *v* ohne Unterschied gesetzt werden können und lediglich der auf dem Wohllaut beruhende Sprachgebrauch über die Zulassung des einen oder des andern entscheide. So sage man *io voglio*, aber *lo boglio* und wiederum *la voglio*.

**) Cf. Freyt. III, 388a, *al-gobbah* bei Diez unter *alcova* ist Versehen.

***) Dergleichen häufig vorkommende Doppelformen erklären sich aus dem Streben des gebildeten Neapolitaners, die rohen mundartlichen Formen der Schriftsprache zu nähern.

†) Dagegen ist *sciato* bei Blanc lt. Gr. p. 663 nicht mit *fedele* zusammen zu stellen, sondern ist das bekannte, auch im Tosc. vorkommende *sciato* — Freude, davon neap. *sciatare — darsi ben tempo*

V. 1. Im Anlaute wechselt *v* häufig mit *b* (siehe unter *B*): *biento* (*ventus*), *bertoluso* (v. *virtus*), *botare* (*volutare*), *bennetta* (*vindicta*), *báttene* tosc. *vattene*, *beleno* (*venenum*), *bì* (*vide*), *buò* tosc. *vuoi* (*vis*).

2. Im Inlaute wird es oft a) zu *b*, besonders nach *s*: *sbanire* (v. *ex-vanus*), *sbario* (*ex-rarius*), *sbiare* (*ex-viare*), *sbitare* (*ex-vitare*), *sbregogna* (*ex-verecundia*); selten zu *f*: *schifare* (v. ahd. *skiuhan* scheuen, mit Consonantierung des *u* in *v*); — zu *p*: *moppe* (*movit*), *muoppeto* (*motum*, *movitum*), *chioppeto* (gleichsam *pluvitum*); — zu *gu*, namentlich in Wörtern german. Stammes: *guardare* (ahd. *wartén*), *guappo* (cf. angels. *vapul* — *pompholyx*?), *guanto* (mittellat. *vantus*), *guè* (*vae*), *agozzino* (span. *alguazil*, vom arab. *al wazir*); — zu *m*: *mennelle*, neben *bennetta* (*vindicta*), wie bei uns der Ungebildete *mir* statt *wir* sagt. b) *v* fällt aus in *faore* (*favor*), *gajóla* (*caveola* — *caiola*), *ua* (*uva*), *sportiglione* (*vespertilio*), *attene* tosc. *vattene*, *aisto?* statt *ai visto*. — c) *v* wird eingeschoben zur Vermeidung des Hiatus, vornehmlich bei vorhergehendem oder nachfolgendem *o* oder *u*, aus dem es gewissermassen sich loslöst (wie *Lovise* statt *Louise*, *Barthelmewes* statt *Bartholomaeus*), *druta* neben *auta* (*altra*), *cavolo* neben *caolo* (*caulis*), *dovietto* (*duellum*), *nevoziante* (*neoziante* aus *negotians*), *povéta* (*poeta*), *paraviso* (span. *paraiso* von *paradisus*), *pavare* (*pa'are* aus *pagare*, *pacare*), *revola* (*reola* aus *regola*). — d) *v* wird vorgeschlagen in: *vavo* (*avus*), *vava* (*ava*) — ngr. βαβά.

M. 1. Im Anlaut bleibt *m*: *matre* (*mater*), *mano* (*manus*), *magnare* (*manducare*).

2. Im Inlaute zwischen Vocalen tritt Verdoppelung ein: *ammore* (*amor*), *cremmenale* (*criminalis*), *ceremmonia* (*caerimonia*), *crimma* (*clima*), *comme* (*quomodo*), *chiamma* (*clamat*), *consumnare* (*consumare*), *demmonio* (*daemonium*), *Dommeneco* (*Dominicus*), *famme* (*fames*), *famma* (*fama*), *femmena* (*femina*), *fummo* (*fumus*), *fammuso* (*famosus*), *lumme* (*lumen*), *nemmico* (*inimicus*), *ommo* (*homo*), *pronomme* (*pronomen*), *primmo* (*primo*), *remmedio* (*remedium*), *stemmare* (*aestimare*), *stromiento* (*instrumentum*), *tremmare* (*tremare*). — Vor *i* geht *m* bisweilen in *n* über: *scigna* (*scimia*), *venegna* (*vindemiae*). — *m* vorgeschlagen s. unter *n*.

2. Kehllaute.

C (*Ch*). Bei *c* ist der doppelte Laut zu unterscheiden: der gutturale (reine) vor *a*, *o*, *u*, vor Consonanten und am Ende, und der palatale (gequetschte) vor *e*, *i*, *y*, *ae*, *oe*.

I. Das gutturale *c* bleibt

1. Im Anlaute gewöhnlich, doch geht es auch in *g* über: *gajóla* (*caveola*), *gamelo* (*camelus*), *guveto* (*cubitus*); in *p* nur in *pimmece* (*cimex*), wenn es hier nicht ursprünglich, s. oben b. Oskischen.

2. Im Inlaut a) bleibt es nicht selten, während es sich in der Regel, wie sonst im Romanischen, zu *g* erweicht: *aco* (*acus*), *fécato* (*ficatum*), *lattuca* (*lactuca*), *lacrima* (*lacryma*), *loco* (*locus*), *spica* (*spica*), *secreto* (*secretum*), *secretario* (*secretarius*), *secare* (*secare*), *schiecare* (*explicare*), *spicolo* (*spiculum*), vergl. tosc. *ago*, *fegato*, *lattuga*, *lagrima*, *luogo*, *spiga*, *segreto*, *segretario*, *segare*, *spiegare*, *spigolo*. — b) Verdoppelung tritt ein zwischen Vocalen und vor *r*: *pocca* (*post quod*) tosc. *potchè*, *co cchello*, *e cchesto*, *lo cconservare*, *che cchiù*, *che ccride*. — c) Selten in *qu*: *joquare* (*jocari*). — d) In *sci*: *nesciuno* (*nec unus*). — e) Vor *l* wird es bisweilen in *j* erweicht und dann versetzt (*cl = gl*): *tanaglia* (*tenaculum*).

---

cf. Puoti Vocabolario. Dann ist aber wie Egeria p. 232 zu lesen: *che tanto è sciaio a mme* statt *a tte*.

3. Assimiliert wird *c* in *ct* zu *tt: affritto (afflictus), strutto (structus), vitto (victus)*;
— *cs* (*x*) zu *ss: próssimo (proximus)*, *mássimo (maximus)*, oder *s: esempio (exemplum)*,
das dann wieder in *s* oder *sci* übergeht: *jonse (junxit)*, *nsorare (in-uxorare)*; *sciaurato*
(*exauguratus*), *fruscio (fluxus)*, *viscióla* (v. *buxus*, tosc. *bussola*); — *tc* zu *ggi: viaggio*
(*viat'cum*), *sarvaggio (silvat'cus)*.

II. Das palatale *c* geht oft in andere Zischlaute über; in *s: azzáro (aciarium*, tosc. *ac-
ciajo*), *assettare (acceptare)*, *ussellente (excellens)*, *assennare* (mtl. *cismus* Wink), *asser-
tare (adcertare)*, *assidente (accidens)*, *lkseto (licitum)*, *mersè (merces)*, *onsa (uncia)*,
prencipejo (principium), *resetto (receptum)*, *sóssejo (socius)*, *seremóneja (caerimonia)*,
silare (citare), *sò (ecce hoc*, tosc. *ciò*); — dagegen bleibt der Kehllaut in: *chillo (ecce
illum*, tosc. *quello)*, *chisto (ecce istum*, tosc. *questo)*, *jureche (judicem)*, *rareca (radicem)*, *chirchio (circulus)*.

III. *C* fällt aus zwischen 2 Vocalen und, vor *r*, s. u. *g: alliéro (alacer*, tosc. *allegro)*, *bri-
ogna (verecundia*, tosc. *vergogna)*, *fare (facere)*, *rotta (crypta*, tosc. *grotta)*, *prea*
(*precatur*, tosc. *prega)*.

Ch wird wie *c* behandelt. Es bleibt gewöhnlich: *architetto* (ἀρχιτέκτων), oder wird
zu *g: gresema* (χρίσμα); geht aber auch vor *e* und *i* in das palatale *c* über: *arcerescovo*
(ἀρχιεπίσκοπος), *vraccio (brachium)*.

Qu. 1. Vor *a, o, u* bleibt es: *guanno (quando)*, *quale (qualis)*, *quatto (quattuor*, auf Inschr. *quattor)*, *quarto (quartus)*, *quatro (quadrum)*, *squatra* (tosc. *squadra)*,
squatrone (tosc. *squadrone)*, *quaranta (quadraginta)*; oder wird zu *c: commo (quomodo)*,
commonca (quomodo unquam).

2. Vor *e* und *i* wird daraus gewöhnlich *c: cinche (quinque)*, *cercola (quercus)*, das
dann auch in *s* übergeht: *lazzo (laqueus)*; doch bleibt *qu* nicht selten: *querela*, *quinto*,
oder nimmt den *k*-Laut an: *chi (qui)*, *chè (quid)*; *cajéte (quietus)*, *costejone (quaestio)*,
cinche oder *cinco (quinque)*.

G. I. Vor *a, o, u* und vor Consonanten behält *g* seinen gutturalen Laut.

1. Im Anlaut: *grolia (gloria)*, *gallina*, *grado (gradus)*; oder geht in *c* über: *co-
verno (gubernum)*, *covernare (gubernare)*.

2. Im Inlaut wird es zwischen Vocalen und vor *r* oft verdoppelt: *comm' a ggatto*, *le
ggrannisse*, oder verhärtet sich zu *c: asciucare (exsugere)*, *letecare (litigare)*, *navecare*
(*navigare)*, *strólaco (astrologus)*, *streca (striga)*, *vocare* rudern (ahd. *wagón*), oder erweicht sich zu *j: annejare (adnegare)*, besonders wird aus *gn nj* mit Umstellung des *g* (in
der Schrift bleibt es), wie aus *cl lj: regno (regnum)*, *legno (lignum)*, *digno (dignus)*; bisweilen wechselt es mit *d: denucchio (genuculum)* und *r* (statt *l): bardacchino* (tosc. *bal-
dacchino*, v. *Bagdad)*, oder löst sich in die Vocale *o, u* auf (wie *l): freoma (phlegma)*,
smeraudo (smaragdus); *gm* assimiliert sich aber auch in *mm: fremma* neben freoma, *fram-
mento (fragmentum)*.

II. Vor *e* und *i* nimmt *g* den palatalen Laut selten an, meist nur in Fremdwörtern und Eigennamen: *gemmetria (geometria)*, *gerúggece (chirurgicus)*, *giesommino* (arab. *jásamìn)*,
giorlanna neben *ghiorlanna* (v. *girare* oder mhd. *wieren* einfassen?), *Giorgio* neben *Jorio*
(*Georg)*; meist schwächt es sich zu *j* (doch schwankt die Schreibung) im Anlaut: *jennero
(gener)*, *jelo (gelu)*, *jentile (gentilis)*, im Inlaut zwischen Vocalen: *affrijere (affligere)*,
fojente (fugiens), *leje (legem)*, *maje (magis)*, *pajese (pagensis)*, *sajetta (sagitta)*, und
nach *n* (wie vor *n*, s. oben): *fegnere (fingere)*, *ognere (ungere)*, *stregnere (stringere)*.

III. *g* fällt aus im Anlaute (wie lat. *natus — gnatus*, engl. *known* — spr. *nown*, hd. nie-

14

ten von *knioda*), besonders vor *r: rano* (*granum*), *ranta* (*gratia*), *raffure* (*χράψειν* tosc.
graffure), *rillo* (*gryllus*), *rieco* (*graecus*), *ruosso* (*grossus*), auch im Inlaute zwischen
Vocalen: *aorio* (*augurium*), *fraola* (*fragum*), *fiura* (*figura*), *neosio* (*negotium*), *riate*
(*regalis*), *rialare* (*regalare*), *raina* (*ragina*); vor *o* und *u* wird es aber oft durch *v*
ersetzt (s. oben): *fravola*, *nevosiante*, *revola* (*regula*), *juvo* (*jugum*). — Endlich wird *g*
vorgeschlagen in *grancato* (*rancidus*), eingeschoben in *Sguinzara* (*Svizzera*).

J. 1. Es behält meist den lat. Laut: *Jennaro* (*Januarius Monat*), *jettare* (*jactare*),
jenca (*juvenca*), *jodecare* (*judicare*), *jognere* (*jungere*), *jommenta* (*jumentum*), *junco* (*jun-
cus*), *jontura* (*junctura*), *justo* (*justus*), *juvo* (*jugum*), *joca* (*jocus*), *juvare* (*juvare*),
jorrare (*jurare*), dagegen tosc. *Gennajo*, *gettare*, *giovenca*, *giudicare* etc. — Nach *n*
verhärtet es sich häufig zu *g: vengo* (*venio*, *venjo*), *tengo* (*teneo*, *tenjo*), *mengo* (*minu*,
mit eingeschobenem *j*), und dies wieder in *c: venco*, *tenco*, *menco*. Vergl. die Flexions-
lehre.

2. Die eigenthümlich ital. Aussprache des *j* tritt seltener ein (s. unter *g*): *Gennaro* (*Januarius*, Eigenname), *Girolamo* (*Hieronymus*), *giovane* (*juvenis*); auch geht es in *sci* über,
d. h. eigentlich *sgi*, (franz. *j*), aber weil dieser Laut im Tosc. fehlt, durch *sci* ausgedrückt,
wie: *sciuscià* (*joujou*), *sconsciurare* (*conjurare*).

3. *j* fällt aus: *diune* (*de-jejunus*), *peo* (*pejus*), neben *pevo*. — Häufig ist die schein-
bare Einschiebung eines *j*, cf. unter Hiatus. — Aus betontem *e* und *i* entwickelt sich aber
ein *j* wie *v* aus *o* und *u: dejeta* (*diaeta*), *rejola* (*viola*), *trofejo* (*tropaeum*). Endlich wird
j vorgeschlagen in *jere* (*eras*), *jesce* (*exis*), *jeremno* (*ἐρῆμος*) d. h. entsteht eigentlich durch
Brechung des *e* in *ie*.

H fällt aus.

3. Zungenlaute.

T (*Th*). 1. Anlautendes *t* bleibt: *tassa* (*taxa*), *tàrsena* (pers. *tarsanah*, arab. *dàr
ssenah*. Freyt. II, 69 a, 526 a) *), *tiempo* (*tempus*), *tengo* (*teneo*), *traversa* (*transversa*).
Doch *cestudine* (*testudo*).

2. Inlautendes *t* hält sich zwischen Vocalen und vor *r: matre* (*mater*), *patre* (*pa-
ter*), *patrone* (*patronus*), *Pròceta* (*Πρόχυτη*), *strata* (*strata*), *spétude* (*hospitalis*), *spito*
(niederdeutsch *spitt*, ahd. *spis*), *spata* (*sputha*), dagegen tosc. *madre*, *padre*, *padrone*,
Procita, *strada*, *spedale*, *spiedo*, *spada;* nach *r* geht es in *d* über: *ardica* (*urtica*),
cordevare (*coltivare*), *merdare* (*meritare*), *merdevole* (*meritabilis*), *urdemo* (*ultimus*),
verdate (*veritas*). — Verdoppelung tritt oft ein: *tutto* (*totus*), *a tte*, *pe tterare*, *co ttanto*.

3. *tt* (*te*) vor einem Vocale zu *si*, *se: nevósejo* (*negotium*), *nasejone* (*natio*), *rassejone* (*oratio*); oder zu *sci*, *gi: stascionato*, *stagionato* (*stationatus*), *angoscia* (*angustia*),
cuscino (*culcitinum — culcitinum*). — *st* zu *ss: aisse* (*ai visto?*), *avisseve* (*avistere*), *sar-
risseve* (*sarristeve*), *tsso*, *essa* (*iste*, *ista*), auch *sso*, *ssa = sto*, *sta; chisso*, *chissa* (*chisto — ecc' istum*), vergl. westfälisch *Dissel — Distel*, *tassen — tasten*, im gemeinen Leben
*is fur ist. — Doch fällt auch *t* in *st* aus: *poscraje* (*post cras*).

D. 1. Im Anlaute bleibt *d: diente* (*dens*), *dà* (*dare*), *dormì* (*dormire*), *domane*
(*de mane*); oder geht in die Tenuis *t* über: *tropesia* (*hydropsia*); häufig in *r: renare* (*de-
narius*), *reventare* (*diventare*), *rito* (*digitus*), *rurece* (*duodecim*), *ricere* (*dicere*), *rechia-
rassejone* (*declaratio*), *riune* (*dejejunus*), *restellare* (*destillare*), *riebbeto* (*debitum*), *reffe-*

---

*) Nicht IV, 69a, 526a wie bei Diez unter *arsenale* angegeben.

renza (*differentia*); seltener in *l: lattere* (*dactylus* Battel), *lascennere* (*descendere*). — Es fällt aus in: *Menechilla* (v. *Domenicus*).

2. Im Inlaute bleibt es oder wird zwischen Vocalen verdoppelt: *addore* (*odor*), *addorare* (*odorare*), *commeddia* (*comoedia*), *Copiddo* (*Cupido*), *creddeto* (*creditum*), *desedderoso* (*desiderosus*), *frateciddejo* (*fratricidium*), *gratetuddene* (*gratitudo*), *meddejocretate* (*mediocritas*). — Es geht ferner zwischen Vocalen oder vor *r* in *t* über: *Alisantro* (*Alexander*), *antripete* (*antipodes*), *cucotrillo* (*crocodilus*), *catavere* (*cadaver*), *còmmoto* (*commodum*), *grancelo* (*rancidus*), *mòrbato* (*morbidus*), *mùceto* (*mucidus*), *quadrupeto* (*quadrupedem*), *treppete* (*tripedem*), *torbato* (*turbidus*); häufig auch in *r: arapre* (*ad-aperi*), *càrere* (*calidus*), *nnvirin* (*invidia*), *maronna* (*madonna*), *pere* (*pedem*), *ràreca* (*radicem*), *rerè* (*vedere*). — Seltener ist der Uebergang in *l: liepolo* (*lepidus*), *pelagra* (*podagra*), *velella* (tosc. *vedella*), und in *z: pernice* (*perdix*), *Arpino* (*Elpidius*). — Intervocalisches *d* fällt aus in: *aunire* (*ad-unire*), *ausare* (*ad-usare*), *aornato* (*ad-ornatus*), *juorno* (*diurnan*), *nò* (*modo*), *oje* (*hodie*), *poja* (*podium*), davon *appajare*, *rajo* (*radius*), *vì* (*vide*): bisweilen wird der dadurch entstandene Hiat wieder aufgehoben durch Einschiebung eines andern Consonanten z. B. *v* in: *paraviso* (*paradisus*). — Endlich wird *d* eingeschoben: *strudere* (*distruere*), *ped'esse* (st. *pe esse*, *per esse*), *ped'uno* (st. *pe uno*, *per unum*), dagegen scheint es in *ched'è* (*quid est*) Rest des ursprünglichen *d* zu sein, wie tosc. *ed*, *od* statt *e*, *o* (*et*, *aut*).

3. Assimiliert wird *d* in *nn* statt *nd: bonni* st. *buon dì*, *connutto* (*conductus*), *cannela* (*candela*), *calanndrejo* (*calendarium*), *connnejone* (*conditio*), *cennio* statt con *Dio*, *fonnamiento* (*fundamentum*), *nnola* (*indoles*), *nnustria* (*industria*), *nnizejo* (*indicium*), *nnitto* (*in dicto*), *nnitto nfatto* gesagt, gethan — *proffunno* (*profundus*), *respònnere* (*respondere*), *rennere* (*rendere*), besonders im Gerundium auf *-ndus: partenno* (*partiendus*), *avenno* (*habendus*), *amanno* (*amandus*) *). Vergl. westfälisch: *Stunne* — *Stunde*, *Kunne* — *Kunde*, *Runne* — *Runde*, — *do* in *vv* oder *bb: abbalère* (*ad-valere*), *abbencere* (*ad-vincere*), *abbecnare* (*ad-vicinare*), *abbentore* (*adventor*), *abbiare* (*ad-viare*), *abbistare* (*ad-vistare*), *avversdrejo* (*adversarius*). — *dj* in *ggh* (statt *jj*): *agghiostare* (*adjuxtare*), *agghiognere* (*adjungere*), *agghiajare* (*ad-gelare*). Dass *d* vor *j* oft ausfällt, oder wenn *j* die roman. Aussprache annimmt, in *gi* (*mogge* — *modius*) oder *z* übergeht (*mezzo* — *medius*, *deze* — *dedit*, aus *dedie*, (tosc. *diede*), ist oben bei den tonlosen Vocalen erwähnt.

§. 1. Im Anlaute bleibt *s: satte* (*septem*), *sonco* (*sum*), *sana* (*sonat*); vor *c* und *p* wird es wie das deutsche *sch* gesprochen, obwohl die Schrift diesen Laut nicht besonders bezeichnet: *Ischia*, *schiavo*, auch vor Vocalen: *scierta* (*sors*). — Häufig geht es in den scharfen Zischlaut *z* über: *Zarafino* (*Seraphinus*), *zampogna* (συμφωνία), *zoffeciente* (*sufficiens*), *zofisteco* (*sophisticus*), *zoffocare* (*suffocare*), *zorfo* (*sulphur*), *zosa* (*salsa*), *zucare* (*sugere*). — Verschlag des *s* (meist Ueberrest der Präposition *ex*) ist sehr gewöhnlich: *sbario* (*varius*), *sbattere* (*batuere*), *scomputo* (*completus*), *sconfonnere* (*confundere*), *sconsciurare* (*conjurare*), *scarfare* (*calefacere*), *sdamna* (*domina*), *spalefacare* (*palefacere*), *sproffonnare* (*profundare*).

2. Im Inlaute bleibt *s* oder wird zwischen Vocalen verdoppelt: *che ssanno*, *pe ssanare*, *lo ssujo*, *cossì* oder *accossì* (*aeque-sic*); es nimmt den Laut des deutschen *sch* an: *bascio* (mil. *bassus*), *buscia* (vielleicht vom ahd. *bósi*, tosc. *bugia*), oder schärft sich zu *z* nach den Liquiden *r*, *n*, *l: avversdrejo* (*adversarius*), *arzèneca* (*arsenicum*), *arzo* (*arsus*), *curzo* (*cursus*), *diverze* (*diversus*), *fuorse* (*forsan*), *muorzo* (*morsus*), *persona*

---

*) *Mundo*, Egeria p. 230 Z. 2 v. u. und 227 Z. 5 v. u. ist Versehen.

(*persona*), *urzo* (*ursus*) — *consegnare* (*consignare*), *conzolare* (*consolari*), *consulto* (*consultum*), *conzegnare* (*consignare*), *cienzo* (*census*), *Fonzo* (*Alphonsus*), *nzolente* (*insolens*), *nzuonno* (*in somno*), *nziemme* (*in-simul*), tosc. *insieme*); *i* fällt dabei gewöhnlich aus, s. unter diesem.

3. Im Auslaut geht *s* in *i* (*je*) über: *craje* (*cras*), *nuje* (*nos*) *), *vuje* (*vos*), *seje* (*sex*), vergl. lat. *paterfamiliae* und —*familias*.

Ueber *st*. s. unter *t*.

N. 1. Im Anlaute bleibt es: *nome* (*nomen*), *natomia* (*anatomia*), *nascere* (*nasci*). — Als Vorschlag erscheint es häufig (vor Lippenlauten als *m*), meist als Rest der Präposition *in*, oft aber als reiner Zusatz **) (vergl. unter *s*): *mbè* (*bene*), *mperò* st. *però* (*per hoc*), *nce* (tosc. *ci*).

2. Im Anlaute wird es zwischen Vocalen gern verdoppelt: *jennero* (*gener*), *lonnedì* (*lunae dies*), *tiennero* (*tener*), *Viennerdì* (*Veneris dies*), *a Nnapole*, *pe nnullo*. — Bisweilen geht es über in *l*, besonders wenn zwei auf einander folgende Silben mit *n* anfangen: *beleno* (*venenum*), *caloneco* (*canonicus*); vor *m* bisweilen in *r*: *arma* (*anima*, *an'ma*), *armo* (*animus*, *an'mus*), auch sonst: *fortura* (*fortuna*), *reverso* (*universum*), vergl. span. *hombre* — *hom'nem*. — Vor *s* fällt *n* aus, wenn jenes bleibt: *mese* (*mensis*), *isola* (*insula*), *costà* (*constare*); dagegen hält es sich, wenn *s* zu *z* wird (s. oben): *cienzo* (*census*). — Assimilirt wird es in *nc* zu *cc*: *becchè* (statt *benchè*); *nr* in *rr*: *verraggio* von *venire*.

L. 1. Anlautendes *l* bleibt: *lacrima* (*lacryma*), *lengua* (*lingua*), *lamiento* (*lamentum*); selten in *r*: *rapillo* (v. *lapis*), oder *n*: *Nocera* (*Luceria*).

2. Im Inlaute verdoppelt zwischen Vocalen: *alliero* (*alacer*), *dellecata* (*delicatus*), *le llacrime*. — Sehr häufig ist der Uebergang in *r*, sowohl zwischen Vocalen: *cémmaro* (*cymbalum*), *corporente* (*corpulentus*), *loquera* (*loquela*), *quaréra* (*querela*), *toléra* (*tutela*), *scannarezzare* (*scandalizare*), *vufaro* (*bubalus*), als vor und nach Consonanten, und zwar a) vor Gaumenlauten (*c, g*): *carca* (*calcem*), *ealcare* (*calceare*), *quarche* (tosc. *qualche*), *furgolo* (*fulgur*); vor Zungenlauten: (*t, d, s*), *adordare* (*adulterare*), *bárzamo* (*balsamum*), *cardare* (*calidare*), *cortello* (*culter*), *cordevare* (*cultivare*), *facortà* (*facultas*), *sordato* (st. *soldato*), *urdemo* (*ultimus*), vor Lippenlauten (*p, b, f, v*): *Arpino* (*Elpidius*), *berva* (*belua*), *corpa* (*culpa*), *cuorpo* (*colaphus*, tosc. *colpo*), *darfino* (*delphinus*), *guorfo* (*golfo*, κόλπος), *Marfi* (*Amalfi*), *Sarvatore* und *Savratore* (*Salvator*), *sarvare* (*salvare*), *scarfare* (*calefacere*), *parpuzzare* (*palpitare*), *resuorvere* (*resolvere*); — b) nach Gaumenlauten: *grosa* (*glossa*), *concrave* (*conclave*), *concrudere* (*concludere*), *crimma* (*clima*), *ingrese* (tosc. *Inglese*), *pracato* (*placatus*); nach Lippenlauten: *ampro* (*amplus*), *affrijere* (*affligere*), *addoprecare* (*adduplicare*), *beneprazeto* (*beneplacitum*), *compressejone* (*complexio*), *comprire* (*complere*), *desceprina* (*disciplina*), *fremma* (*phlegma*), *fragiello* (*flagellum*), *frauto* neben *frávato* (tosc. *flauto*), *fruscio* (*fluxus*), *prebba* (*plebs*), *sobbrimare* (*sublimare*), *soprire* (*supplere*). — Dabei tritt häufig eine Versetzung des *r* ein: *prubbeco* (*publicus*), *prubbeche* (*publica*) Art Münze, *prummone* (*pulmo*), wie beim *l* in *chiuppo* (*populus*).

Intervocalisches *l* wechselt oft mit *n*: *Carmine* st. *Carmelo* (*castel del Carmine* von der Carmeliterkirche in Neapel), *garuofano* (κηρόφυλλον), *Miniscóla* st. *Miliscola* (*militum*

---

*) *Vuje* statt *vuge* ist zu lesen Egeria 228 Z. 7 v. u.

**) G a l i a n i p. 8 bemerkt, dass die Kinder in der Schule die Namen der Buchstaben nur mit diesem Vorschlage aussprechen können — wie bei uns der Bergische nicht *ja* sagt sondern *nja*, und jeder Cantor singt: Nallein Gott in der Höh' sei Ehr'.

schola) Ort beim Vorgebirge Misenum, *melanconeco* (*melancholicus*), *perna* tosc. *perla*, (vom ahd. *perala*, *berala*).

Vor den Zungenlauten *t*, *d*, *s* (*z*) löst sich *l* in *u* auf: *auto* (*altus*), *auto* (*alter*), *assauto* (*assaltus*), *cauro* oder *edvero* (*caldus*), *cauddra* (*caldaria*), *fivoza* (Filz), *fauzo* (*falsus*), *mbauzamare* (*imbalsamare*), *raccóvoto* (tosc. *raccolto*, *re-collectus*), *scaurare* *caldare*), *sciuto* und *scióvoto* (tosc. *sciolto*, *exsolutus*), *sbauzo* (v. βαλλίζειν), *scauzo* (*excalceatus*), oder fällt, nachdem es sich vocalisch aufgelöst, ganz weg: *cauune* (tosc. *caizoni*, v. *calceus*), *cotra* (*culter*), *muto* neben *murto* (*multus*), *otra* (*ultra*), *potrone* (tosc. *poltrone*, vom ahd. *pulstar*), *sepotura* neben *sebetura* (*sepultura*), *puzo* (*pulsus*), *vota* (*volta*, v. *volvere*).

3. In *pl*, *bl*, *fl*, *cl*, *gl*, *ll*, erweicht sich *l* immer in *j**); siehe unter *p*, *b*, *f*, *c*, *g*, *t*: *chiano* (*planus*), *sciore* (*florem*), *chierico* (*clericus*), *viecchio* (*vel'lus*). — *lc* wird oft in *cc* assimilirt: *coccare* neben *córcare* (*collocare*, tosc. *colcare*), *quacche* neben *quarche* (*qualisquam*, wie *quisquam* gebildet, davon (*quaccuno*, *quaccauto*, *quaccosa*.

4. *l* tritt zu: *vedola* (*vidua*, tosc. *vedova*), *mperpetolo* (*in perpetuum*); auch *sciaccola*, *scionna*, *chioma* gehen auf Formen mit eingeschobenem *l* zurück (*flacula* st. *facula*, *flunda* st. *funda*, *cloma* st. *coma*).

R. 1. Im Anlaute bleibt gewöhnlich *r*: *rádeca*, (*radix*), *rammo* (*ramus*), *rauco* (*raucus*), *recchia* (*auricula*); bisweilen wechselt es mit *l*, s. 4.

2. Im Inlaute hält es sich ebenfalls: *carofano* (καρυόφυλλον), *apierto* (*apertus*); oder intervocalisches *r* wird verdoppelt: *arrojeco* (*heroicus*), *jerremo* (ἔρημος), *mperrò* (*per hoc*, tosc. *però*), *torrejaca* (*theriacum*), besonders im Futurum: *amarraggio* (aus *amar-aggio*), *dirraggio* (*dir-aggio*) s. bei der Conjugation.

3. Sehr gewöhnlich erleidet *r* eine Versetzung, indem es entweder von dem vorhergehenden oder von dem folgenden Consonanten angezogen wird.

a) Der vorhergehende Consonant zieht *r* an, und zwar wenn dieses vor dem nächsten Consonanten steht: *cravone* (*carbo*), *controvare* (*conturbare*), — *ntrecedere* (*intercedere*), *ntreppetare* (*interpretari*), *ntrevallo* (*intervallum*), *struvare* (*exturbare*), *trommiento* (*tormentum*), — *premesso* (*permissum*), *proffidia* (*perfidia*), *apretura* (*apertura*), *prefetto* (*perfectus*), *projere* (tosc. *porgere*, v. *porrigere*), — *bregogna* (*verecundia*), — *fremmare* (*firmare*), *frogiudicato* (tosc. *fuorgiudicato*, *foras judicatus*), *frommicchela* (*formicula*), *frostiere* (tosc. *forestiere*, v. *foras*) — aber auch, wenn es nach dem nächsten Consonanten steht: *crapa* (*capra*), *Crape* (*Capreas*), *crastato* (*castratus*), *Grabbiele* (*Gabriel*), — *triato* (*theatrum*) — *drinto* (*de intra*, tosc. *dentro*), — *fravvecare* (*fabricare*), *frabbeca* (*fabrica*), *frebbe* (*febris*), *Attrufe* (*Octobris*), *Frabbisejo* (*Fabricius*), *Frevajo* (*Februarius*), — *vrito* (*vitrum*).

b) Der folgende Consonant zieht das *r* an und zwar so, dass es unmittelbar davor tritt: *ntartenere* (*intratenere*), *receporcario* (v. *reciprocus*), *percaccio* (st. *procaccio*) oder unmittelbar dahinter: *acteore* (*acerbus*), *ossavratojo* (*observatorium*), *Majorano* (*Mariano*), *varra* (*barba*), *potrestante* (st. *protestante*). — Vergl. κραδίη u. καρδία, κάρτερος u. κράτερος, westfälisch *fröchten* — *fürchten*, *draf* — *darf*, *dörtig* — *dreissig*, *Görte* — *Grütze*.

4. Enthält ein Wort zwei *r*, so wird eins stehend zu *l*; gewöhnlich das erste: *lettoreca* (*rhetorica*), *Licciardo* (*Richard*), *lecreare* (*recreare*), *cellevriello* (*cerebrum*), tosc.

---

*) Dies erklärt sich aus der Flüssigmachung der *l* in *lj*. So wurde aus *flamma* *fjamma*, wie im Italo-Albanesischen, der Italiener warf das *l* heraus, während der Spanier das *f* abwarf (*llama* = *ljamma*). Cf. **Schleicher**, Linguist. Untersuch. Th. II, p. 166.

celebro), leverentia (reverentia), lecordare (recordare), aldrejo (aerarium), coglandre
(coriandrum), pellegrino (peregrinus, Pilgrim), alluorgio oder alluorjo (horologium); bisweilen das zweite: precolatore (procurator), arvolo (arbor, tosc. albero), intrellogare
(interrogare), pomarole (st. pomidori). — Vergl. lat. pluralis st. pluraris, westf. Elber-
ken — Erdbeerchen.

5. r fällt aus, besonders nach zwei Consonanten (st) oder einer Tenuis: auto (alte-
rum), deréto (de retro, tosc. dietro), fenesta (fenestra), meniste (ministri), mostare
(monstrare), masto (magister), própejo (proprius), quatto (quattuor), Ruvo (Rubrium),
sempe (semper, tosc. sempre), vuosto (vestrum), nuosto (nostrum); auch zwischen zwei
Vocalen: prua (prora). — Vergl. westf. spatteln — spratteln (ahd. spratalón), Ruffost —
Rauhfrost. — rs in ss (ss) assimilirt: duosso (dorsum), mossecare (morsicare), musso
(morsus? cf. neugr. μοῦντζα).

6. r eingeschoben oder vorgesetzt: antripete (antipodes), celestro (coelestis), frusta
(fustis), marmoria (memoria), retrubbeco (hydropicus), tretulate (titulati), tresoro (thesaurus, franz. trésor), spralefecare (palefacere), cf. osk. tristaamentom für testamentum,
westfälisch Fernyn — venenum, fernynig — giftig.

Bemerkungen.

1. Aus der vorstehenden Tabelle ergiebt sich, dass die betonten langen Vocale auch
im Neap. meist ihre ursprüngliche Geltung behalten, während die kurzen grösserem Wechsel
unterworfen sind, doch hält sich das kurze a meistens und e und u wieder mehr als i und o.

2. Die unbetonten Vocale lassen sich schwer unter eine Regel bringen; das Neap.
wirft sie noch mehr als das Tosc. durcheinander. Im Anlaut und in der ersten Silbe überhaupt herrscht das a vor, das entweder bleibt oder andere Vocale verdrängt oder vorgeschlagen wird. Im In- und Auslaut überwiegt e noch mehr als im Toscanischen.

3. Mit den übrigen süditalischen Mundarten hat das Neap. ferner die Vorliebe für den
u-Laut statt des o gemein. Die Neapolitaner (vergl. Galiani p. 5) wollen dies freilich aus
Abneigung gegen das Calabresische, das ihnen wie eine Carricatur ihrer Sprache vorkommt,
und aus nationaler Feindschaft gegen die Sicilianer nicht anerkennen und behaupten, dass o
niemals in u übergehe, sondern bloss einen dumpfern, nur dem minder geübten Ohre wie u
klingenden Laut annehme, allein ganz ohne Grund. In neueren Drucken scheint man sich auch
nicht mehr, dem u sein Recht widerfahren zu lassen (z. B. lu statt lo).

4. Abweichend vom Toscanischen, aber analog dem Calabr., Sicil., Span., Portug.
wird im Neap. i und o in der Position diphthongiert (zu ie und uo, span. port. ie u. ue);
selten in offener Silbe wie im Tosc.

5. Wenn gleich das Neap. hinsichtlich der Beibehaltung der ursprünglichen Consonanten im Allgemeinen wie das Tosc. verfährt, also im Auslaut die Tenuis festhält, im Inlaut sie
in die Media abschwächt, so zeigt es doch eine grössere Vorliebe für die Tenues, so dass
sie nicht nur häufig auch im Inlaute bleiben, sondern sogar statt der Mediae eintreten. Aehnlich ist die Schärfung des e zu s.

6. Am auffallendsten erscheint die häufige Verdoppelung der Consonanten im In- oder
Anlaut nach Vocalen zur stärkern Hervorhebung der Tonsilbe. Besonders häufig tritt dieselbe
bei den Liquidis ein.

7. Unter den Consonanten ist besonders das r beliebt, daher d und l sehr häufig

(was im gemeinen Leben noch weit mehr als in der Schrift ersichtlich ist) in dasselbe übergehen. Dagegen theilt der Neap. mit den übrigen süditalischen Mundarten die Abneigung gegen das *l*, das daher durch Wegfall, Uebergang in *r* und *u* gewöhnlich beseitigt wird.. Eigenthümlich ist dem Neap. wieder die Vermeidung des palatalen *c* und *g* (siehe unter diesen).

8. Zu den hervorstechendsten Lautwechseln gehören die Verwandlung des *pl* (*pj*) in *chi* und des *fl* in *sci*, was jedoch auch im Calabr., Sicil. und theilweise im Portug. vorkommt.

9. Die Assimilation ist im Neap. noch weiter ausgedehnt als im Tosc. (*st* in *ss*, *nd* in *nn* etc.)

10. Ausfall einfacher Consonanten ist im Ganzen selten, eher fällt eine ganze Silbe aus. Da nämlich der Neapolitaner allen Nachdruck auf die Tonsilbe des Wortes legt, so eilt er über die andern schnell hinweg und lässt sie entweder ganz aus oder verstümmelt sie bis zur Unkenntlichkeit z. B. *gnor — signore, desfasejo* oder *sfasejo — satisfactio, ssobrecare — disobligare, moneatamente — disonestamente*, besonders in Eigennamen: *Babella — Elisabetta, Cecca — Francisca, Maso — Tommaso (Mas' Aniello), Nannella — Antoniella, Pepe — Giuseppe, Pippino — Giuseppino, Tonno — Antonio*; auch die letzte Silbe fällt häufig fort, namentlich in den Infinitiven: *amà — amare, verè — vedére, defènne (defendere), mètte (mittere), fini — finire*, und sonst.

Im Allgemeinen giebt die neap. Mundart ein treues Bild von dem Volkscharakter. Wie alle südlichen Völker liebt der Neapolitaner das *dolce far niente;* er ist bequem und träge und thut gewiss nichts, wenn er nicht muss. Anders aber, sobald er in Leidenschaft geräth. Dann bricht die ganze Heftigkeit seiner Natur mit einem Schlage hervor und entwickelt eine staunenswerthe Energie. Diese Eigenthümlichkeit zeigt sich auch in der Sprache. Wo der Neapolitaner mit Zeichen oder Geberden auskommen kann — und er reicht sehr weit damit *) — da öffnet er den Mund nicht, oder wenn er redet, thut er es doch mit möglichster Schonung der Organe. Ist er aber einmal im Zuge, dann steht ihm eine Fülle von Worten, kühnen Metaphern, glänzendem Witz zu Gebote. Diese Faulheit der Organe ist nun besonders die Ursache jener gewaltsamen Verstümmelungen, Auslassungen, Assimilationen und Verwandlungen der Consonanten, die nur darauf ausgehen, das Wort möglichst mundgerecht zu machen.

II. Formenlehre.

I. Conjugation.

A. *Regelmässige Conjugation.*

Es giebt im Neap. wie im Ital. überhaupt drei Conjugationen nach den Charaktervocalen *a, e, i*, doch fallen die beiden letzten ausser im Infinitiv zusammen.

1. Infinitive.

Infin. presente: *amáre, crédere, dormíre.*
Partic. perfetto: *amáto, credúto, dormúto.*
Gerund. pres: *amanno, credenno, dormenno.*

Der Inf. Praes. wirft gewöhnlich die Endung *re* ab: *amà, vedè, créde, dormi*, dagegen behält er seine vollständige Form bei angehängten Suffixen: *amarelo, farelo, sentire-*

---

*) Der gelehrte de Jorio hat ein interessantes Buch über die Zeichensprache der Neapolitaner im Vergleich mit der Mimik der Alten geschrieben unter dem Titel: *Della mimica degli antichi*.

4 *

io. — Das Part. Perf. endigt sich in der 1. Conj. auf *ato*, in der 2. und 3. auf *uto* (nach den lat. Part. auf *utus* gebildet): *allestuto* (*allestire*), *ascevoluto* (*ascevolire*), *abbetuto* (*abbetire*), *feruto* (*ferire*), *ntenneruto* (*ntennerire*), *partuto* (*partire*), *pentuto* (*pentire*), *sagliuto* (*saglire*), *servuto* (*servire*), *scomputo* (*scompire*). Doch kommen einzelne Partie. auf *ito* vor: *arapito* neben *araputo* (*aprire*), *capito* neben *caputo* (*capire*), *scorpito* (*scorpire*), *punito* (*punire*).

2. Indicativo.

Wie sonst im Roman. lieferte das lat. Praesens, Imperfectum und Perfectum die Formen zu dem neap. Pres., Imp. und Perf. definito; das Plusq. und Fut. gingen verloren und wurden durch Umschreibung mit *avere* (*habere*) ersetzt.

Die Personalendungen werden von den lat. nach folgenden Regeln abgeleitet: 1. die Endconsonanten fallen weg. — 2. Von den übrigbleibenden Vocalen wird *a* gewöhnlich in *e*, *i* in *e* und *je*, *u* in *o* verwandelt, im gemeinen Leben aber alle zu *e* abgeschwächt. — 3. die übrigbleibenden Consonanten erhalten noch einen vocalischen Zusatz.

Presente.

amo	*credo, -e*	*dormo, -e*
ame	*cride*	*duorme*
ama, -e	*crede*	*dorme*
amámmo, -e	*credímmo, -e*	*dormímmo, -e*
amáte	*credíte*	*dormíte*
ámano, -e	*crédono, -e*	*dórmono, -e*
—eno, -e	*—eno, -e*	*—eno, -e*

1. Bemerkenswerth ist der Wechsel des Vocals in der Tonsilbe der 2. Ps. Sg: *e* wird zu *i* oder (in Position) zu *ie*, *o* zu *u* oder *uo*. Auslautendes *s* geht nämlich im Ital. in *i* über (siehe unter *s*); im Neap. wird *i* im Auslaut nicht geduldet, aber es wirkt auf den Vocal der Tonsilbe zurück. Dadurch wurde zugleich die 2. Ps. Sg. von der 3. unterschieden: *pontelle*, *pontille*, *pontelle*; *fermo*, *firme*, *ferme*; *vedo*, *vide*, *vede*; *resto*, *rieste*, *reste*; *perdo*, *pierde*, *perde*; *proteggo*, *protiegge*, *protegge*; *vengo*, *vieni*, *vene*; *tengo*, *tieni*, *tene*; *scioglio*, *sciuglie*, *scioglie*; *mostro*, *mustre*, *mostre*; *botto*, *butte*, *botte*; *ncontro*, *ncuntre*, *ncontre*; *porto*, *puorte*, *porte*; *dono*, *duone*, *done*. — 2. Die 1. Ps. Pl. entspricht der lat. 1. Ps. Pl. Indic.; nur tritt nach den oben nachgewiesenen Lautgesetzen eine Verdoppelung des die Tonsilbe schliessenden Consonanten ein. Das Tosc. hat dagegen die 1. Ps. Pl. aus dem Conj. genommen: *amiámo, crediámo, dormiámo*. Das Fortrücken des Tones auf die Endung in der 2. Conj. geschieht nach Analogie der Verba mit langem *e*: *credíte* wie *vedíte*. — 3. Das betonte *e* wird in der 1. und 2. Ps. Pl. zu *i*: *ridémus* — *redimmo, ridétis —redite*.

Imperfetto.

amávo, -a, -e	*credévo, -e*	*dormévo, -a, -e*
amáve	*credíve*	*dormíve*
amáva, -e	*credéva, -e*	*dorméva, -e*
amávano, -e	*credévano, -e*	*dormévamo, -e*
—emo, -e	*—emo, -e*	*—emo, -e*
amávevo, -e	*credívevo, -e*	*dormívevo, -e*
amávano, -e	*credévano, -e*	*dormérano, -e*
—eno, -e	*—eno, -e*	*—eno, -e*

1. Für die 2. Ps. Sg. gilt auch hier das Obengesagte. — 2. Die 2. Ps. Pl. ist eigenthümlich durch Anhängung der Endung *vo, ve* — aus *vuje* (*vos*) — an die 2. Sg. gebildet.

Dass die 2. Ps. Sg. für die 2. Pl. auch in den übrigen Dialekten schon früh angewandt wurde, bemerkt Blanc p. 351. Die Anhängung des Personalsuffixes kommt auch im Bolognesischen, Calabresischen und Sicilianischen vor. — 3. Der Ton geht in der 1. und 2. Ps. Pl. auf die Stammsilbe zurück.

Perfetto definito.

amáje	*credétte*	*dormétte*
amáste	*crediste*	*dormiste*
amáje	*credétte, credie*	*dormétte, dormie*
amájemo, -e	*credéttemo, -e*	*dorméttemo, -e*
amástevo, -e	*credistevo, -e*	*dormistevo, -e*
amárono, áro, -e	*credéttero, -e*	*dorméttero, -e*
—jeno, -e	*—eno, -e*	*—eno, -e*

1. Das Perf. def. der ersten Conjugation ist ziemlich einfach aus dem lat. Perf. abzuleiten: *v* ist ausgestossen, auslautendes *i* in *j* mit nachgeschlagenem *e* verwandelt; die 2. Ps. Sg. und 3. Ps. Pl. sind von der zusammengezogenen lat. Form gebildet; die 2. Ps. Pl. wieder von der 2. Ps. Sg. durch Anhängung von *vo*. — 2. Die Endungen *ette* in der 1. u. 3. Ps. Sg. und *ettero* in der 3. Ps. Pl. der 2. u. 3. Conjugation erklären sich nach Diez aus lat. Perfektformen auf *idi* mit fortgerücktem Ton: *crédidi, credidi, credétte*, nach Blanc aus Formen mit fortgerücktem Ton und beibehaltenem *t*, das des Nachdrucks wegen verdoppelt wurde und ein *e* nachklingen liess: *credit, creditte, credétte*. Sie giengen dann auch in die 1. Conj. über: *vrocciolatte, pegliáttero*. — 3. Die Form der 3. Ps. Sg. auf *ie* geht auf lat. Perfecta in *ivit, iit* mit Wegwerfung des *t* und Versetzung des Tons zurück: *audiit — audiit — audie*. — 4. Die 3. Ps. Pl. wird von der lat. entweder mit Abwerfung des *t*: *amárono*, oder des *nt* abgeleitet: *amáro*. Die Form auf *jeno* ist selbständig gebildet.

Futuro.

amarraggio	*credarraggio*	*dormarraggio*
amarráje	*credarráje*	*dormarráje*
amarrà	*credarrà*	*dormarrà*
amarrimmo, -e	*credarrimmo, -e*	*dormarrimmo, -e*
amarrite	*credarrite*	*dormarrite*
amarranno, -e	*credarranno, -e*	*dormarranno, -e*

Das Fut. wird nach roman. Weise durch Anhängung des Präs. von *habere* an den Infinitiv gebildet: *amare habeo* ich habe zu lieben = ich werde lieben. Dabei ist zu beachten, dass das *r* des Infinitivs sich verdoppelt und vorhergehendes *e* und *i* gewöhnlich in *a* verwandelt wird; doch finden sich auch Futura auf *erraggio* neben *arraggio* in der 2. Conj.: *vederrà (vedére), caderrà (cadére), saperraggio (sapére), canoscerrà (canóscere)*, und in der 3. Conj.: *derráje (dire), morerrà (mortre), paterráje (patire), rencerráje (vencire)*. — Uebrigens sind im gemeinen Leben auch zusammengesetzte Formen im Gebrauch: *aje a amà, aggi' a sentì*.

Condizionale.

amarria	*credarria*	*dormarria*
amarrisse	*credarrisse*	*dormarrisse*
amarria	*credarria*	*dormurria*
amarriamo, -e	*credarriamo, -e*	*dormarriamo, -e*
amarrissemo, -e	*issemo, -e*	*—issemo, -e*
amarrissevo, -e	*credarrissevo, -e*	*dormarrissevo, -e*
amarriano, -e	*credarriano, -e*	*dormarriano, -e*
—eno, -e	*—eno, -e*	*—eno, -e*

Die 1. und 3. Ps. Sg., die 1. Ps. Pl. auf *ianno* und die 3. Ps. Pl. sind aus dem Infinitiv und dem Imperfectum von *habere* (*avéva — avéa — avia*) zusammengesetzt. Die übrigen Personen könnte man aus dem Conjunctiv Plusq. *habuisses — avesse* ableiten; allein vergleicht man den Conditionalis von *essere: sarriste* neben *sarisse*, so kann man nicht umhin, nach Analogie des tosc. *amaresti, amareste* eine Zusammensetzung mit dem Ind. Perf. *habuisti — aveste — avesse* (vergl. Lautlehre unter *st*) anzunehmen. Die 1. Ps. Plur. auf *issemo* bildete sich dann selbständig.

Die übrigen Tempora werden mit dem Hülfsverbum *avere* zusammengesetzt (siehe dieses).

3. Congiuntivo.
Presente.

ame	*crede*	*dorme*
ame	*cride*	*duorme*
ame	*crede*	*dorme*
amámmo, -e	*credimmo*, -e	*dormímmo*, -e
amáte	*credíte*	*dormíte*
ámano, -e	*crédeno*, -e.	*dórmono*, -e
—*eno*, -e		

Der Conj. Praes., im gewöhnlichen Leben fast gar nicht gebräuchlich, entspricht sonst dem lat.; nur die 1. und 2. Ps. Plur. sind aus dem Ind. entlehnt, so dass, da die Endungen des Ind. sich mündlich alle zu *e* abschwächen, der Conj. demselben ganz gleich lautet.

Imperfetto.

amasse	*credesse*	*dormesse*
amasse	*credisse*	*dormisse*
amasse	*credesse*	*dormesse*
amássemo, -e	*credéssemo*, -e	*dorméssemo*, -e
amássevo, -e	*credissevo*, -e	*dormissevo*, -e
amássero, -e	*credéssero*, -e	*dorméssero*, -e
—*eno*, -e	—*eno*, -e	—*eno*, -e

Das Imp. Conj. entspricht dem lat. Plusq. Conj. In der 2. Ps. Sg. tritt der bekannte Lautwechsel ein. Die 1. Ps. Pl. zieht den Ton auf die Stammsilbe zurück. — Die 2. Ps. Pl. wird wieder von der 2. Ps. Sg. abgeleitet. — Die Form der 3. Ps. Pl. auf *ero* scheint dem Ind. nachgebildet.

4. Imperativo.

ama, -e	*cride*	*duorme*
ame	*crede*	*dorme*
amammo, -e	*credimmo*, -e	*dormimmo*, -e
amáte	*credíte*	*dormíte*
ámano, -e	*crédeno*, -e	*dórmeno*, -e

Die 2. Ps. Sg. und Pl. ist aus dem Ind., die übrigen aus dem Conj. entlehnt.

B. Unregelmässige Conjugation.

A. Die Hülfsverba.

1. Essere.

Inf. *essere, esse.* — Part. perf. *stato.* — Gerund. *essenno* und *assenno*, -e. —

Indic. Pres. *sóngo, sonco, sónghe, sò; si; è, eje, ene; simmo, -e; site; songo, sonco, songhe, sò.*

Imperf. *éra, ere; jére; èra, ere; éramo, -e; jérero, -e,* oder *eráte; érano, -e, ereno, -e.*

Perf. def. *fuje; fuste; fuje, fù, fò; fùjemo, -e; fùstevo, -e; fùreno, -e, fùjeno, -e, furo, foro.*

Fut. *sarraggio; sarráje; sarrà; sarrimmo, -e; sarrite* *); *sarranno, -e.*

Cond. *sarria; sarriste, sarrisse; sarria; sarrissemo, -e, sarriamo, -e; sarristevo, -e, sarrissevo, -e; sarriano, -e.*

Conj. Pres. *sia; sia, sii; sia, sie, singa, senga, senghe; siamo, -e, simme; siate, site; siano, -e, sieno, -e, séngano, -e.*

Imp. *fosse, fusse; fusse, fosse; fosse, fusse; fossemo, -e, fussemo, -e; fussero, -e; fossero, -e; fossero, -e, fussero, -e, fosseno, -e, fusseno, -e.*

Imperativo. *sì; sii, sia, singa, senga, senghe; simmo, -e, site, siate; siano, sieno, -e séngano, -e.*

Die 1. Ps. Sg. Praes. *songo* ist aus *sono* mit eingeschobenem *i* entstanden (vergl. unten). — Die 2. Ps. Sg. *sì* entspricht der lat. 2. Ps. Sg. Conj. *sis.* — Die Formen der 3. Ps. Sg. *eje* und *ene* kommen auch im Alt-Tosc. vor: *ee, ene.* Ein nachklingendes *e* wurde häufig allen betonten Endvocalen angehängt: *canteráe, piúe,* auch *ne:* neap. *méne, téne* statt *me, te, porsíne* st. *porsì* (tosc. *pursì), accossíne* st. *accossì.* Vergl. ἐγώνη, τύνη, ngr. ἐμέ-να, ἐσίνα. — Die 1. und 2. Ps. Pl. sind aus dem Conjunct. entlehnt. — Die 3. Ps. Pl. lautet wie im Tosc. der 1. Ps. Sg. gleich. — Die Ableitung des Imp. Ind. aus dem lat. Imp. ist klar. — Die Formen des Perf. bieten nichts Auffallendes. Das *u* ist ausser in seltenern Nebenformen beibehalten, während es im Tosc. nach langem Schwanken vor *s* dem *o* wich. — Der Conj. Praes. geht wie im Tosc. Im Sg. auf die altlat. Formen *siem, sies, siet* zurück, *simme* und *site* auf *simus* und *sitis.* Die 2. Ps. Sg. *sii* kommt auch im Tosc. vor. Die 3. Ps. Sg. *senga* ist von *songo* selbständig abgeleitet.

2. Avere. **)

Inf. Pres. *avere, arè.* — **Inf. Perf.** *avè avuto* oder *arevavuto* (mit eingeschobenem *v*). — **Gerund.** *avenno, -e.*

Ind. Pres. *aggio, agge; aje,* in der Frage *è; áve, a; avimmo, aimmo, -e; avite, aite; ávene, hanno, -e.*

Imp. *avéva, -e; avite; avéva, -e; avévamo, -e, avéremo, -e; avivevo, -e; avévano, -e, avéveno, -e.*

Perf. def. *avette, appe; ariste; avette, appe; avéttemo, -e, áppemo, -e; avistevo, -e; avéttero, -e, avétteno, -e, áppero, éppero.*

Fut. *avarraggio; avarráje, avarrà; avarimmo, -e; avarrite; avarranno, -e.* (Oft ersetzt durch die aufgelösten Formen *aggi' a avè* etc.)

Cond. *avarria; avarriste, avarrisse; avarria; avarriamo, -e, avarriemo, -e, avarrissemo, -e; avarristevo, -e, avarrissevo, -e; avarriano, -e, avarrieno, -e.*

Conj. Pres. *aggia; aggi, -e; aggia; aggiámo, -e, avimmo, -e; aggiáte; aggiano, -e.*

Imperf. *avesse; avisse; avesse; avéssemo, -e; avissevo, -e; avéssero, -e, avesseno, -e.*

Imperativo. *agge; ággia; aggiámmo, -e; avite* u. *aggiáte; aggiano, -e.*

---

*) Nach den Mittheilungen eines befreundeten Neapolitaners auch *sarrammo, sarráte.*

**) Neben *avere* kommt noch *tenere,* welches der Neap. auch sonst oft gebraucht, wo im Tosc. *avere* steht, als Hülfsverbum vor. Cf. das Span.

Die Formen des Praes. *aggio, aggia* sind nach den oben entwickelten Lautgesetzen aus *habeo, habeam**) entstanden. — Die 2. Ps. Sg. *è* ist aus *ai* zusammengezogen. Von der gleichlautenden Form *è* (*est*) unterscheidet sie sich durch einen dem *á* verwandten offenen Ton. Die 3. ps. sg. Imperf. *appe* ist durch Verhärtung des *b* aus *habui* — *habbi*, wie *moppe* aus *movit*, *chioppeto* aus *pluvitum* entstanden (S. Lautl. unter *b*). Vergl. tosk. *conobbi* von *cognovi*.

B. Die übrigen unregelmässigen Verba.

Im Allgemeinen gelten dieselben Bestimmungen wie im Tosc. (Vergl. Diez II. Th. pag. 123 sqq. Fuchs p. 100 sqq.)

1. Präsens Ind. Die 1. Ps. Sg. Ind. hat oft verstärkte Formen auf *go*, *co*, aus *eo*, *io* (*jo*). (Vergl. Lautl. unter *f*): *rengo, renco* (*venio*), *tengo, tenco* (*teneo*); mit Verdrängung des ursprünglichen Consonanten: *senco* (*sentio*), *vego, reco* (*video*), und eingeschobenem Bindevocal: *crego* (*credo* — *credio* —*credjo*), *scenco* (*scendo*), *vaco* (*vado*); danach gebildet: *sonco* (*sum*), *stonco* (*sto*), *donco* (*do*), das aber vielleicht auf *dono* zurückgeht. — Davon wird dann auch bisweilen die 3. Ps. Sg. gebildet: *stace, vace, dace*. — Der Conj. Praes. kommt selten vor; vergl. unter *potere*.

2. Die lat. Perfectformen haben sich nur selten in der 1. Ps. Sg., häufiger in der 3. Ps. Sg. und 3. Ps. Pl. gehalten; daneben kommt aber auch die regelmässige Form auf *ette* vor. Die übrigen werden vom Infinitiv abgeleitet. Die lat. Perf. auf *i* sind meist geblieben: *fece* (*fecit*), *ruppe* (*rupit*), *vedde* (*vidit*); die Endung *si* hat bedeutend um sich gegriffen: *couse* (*collegit*), *vose* (*voluit*); *ui* (*vi*) ist seltener: *appe* (*habuit*), *seppe* (*sapuit*).

3. Das Imperf. Conj. ist nicht aus dem lat. Perf. oder Plusq. Conj. gebildet, sondern wird selbständig aus dem Infinitiv abgeleitet.

4. Von den lat. Participien haben sich die auf *sus* am meisten erhalten: *riso* (*risum*); auch die auf *ctus*, *ptus*: *dotto* (*doctus*), *rotto* (*ruptus*); die auf *itus* sind selten: *vippeto* (*bibitum*), *moppeto* (gleichs. *movitum*), sonst durch *so* ersetzt: *reso* (*redditus*), oder auf *uto*, also regelmässig gebildet: *tenuto* (*tentum*).

Erste Conjugation.

1. Andare. Die Formen gehen auf 3 verschiedene Stämme: *andare*, *vadere* und *ire* zurück.

Ind. Pres. *vado, vao, vaco; vaje; và, vace; annammo, jammo; annate, jate; vanno.*

Imp. *jeva, jea, annava; jive, annave; jeva, annava; jéramo, annávamo; jivete; jévano, annávano.*

Perf. def. *annaje, jette, jeze; annaste, jiste; annáje, jette, ghie; annájemo, jéttemo, jézemo; annástevo, jistevo; annájeno, jézero, jirono.*

Fut. *annarraggio, jarraggio; annarraje, jarraje; annarrà, jarrà; annarrimmo, jarrimmo; annarrite, jarrite; annarranno, jarranno.*

Cond. *annarria, jarria* etc. — Imp. Conj. *annasse, jesse; annasse, jisse; annasse, jesse; annássemo, jéssemo; annássevo, jissevo; annássero, jéssero.*

Imper. *va; vada, vaa; annammo, jammo; annate, jate; vadano, vaano, vagano.*

Inf. *annare, jire, ire.* — Part. *annato, juto, ghiuto.*

2. Stare **).

Pres. *sto, stongo; staje; sta, stace; stammo; state; stanno.*

*) Schon zu Christi Zeiten sprach man am Vesuv *abiat* st. *habeat*, cf. Programm von 1853, p. 14.

**) *Stare* wird im Neap. noch häufiger als im Tosc. für *essere* gebraucht, etwa wie im Span. *estar*.

Imp. *steva; stive; steva; stévamo; stivevo; stévano.*

Perf. def. *stette; stiste; stette, stie; stettémo; stististevo; stettero.*

Cong. Imp. *stesse.* — Fut. *starraggio.* — Cond. *starria.*

Part. *stato.*

3. *Dare.*

Pres. *do, dongo, donco; daje; dà; dammo; date; danno.*

Imp. *deva; dive; deva; dévamo; divevo; dévano.*

Perf. def. *dette; diste; dette, dese, die; déttemo; déstevo; déttero, détteno.*

Cong. Pres. *dia* (3. Ps. Sg.). — Cong. Imp. *desse; disse; desse; déssemo; déssero; désseno.*

Fut. *darraggio.* — Part. *dato.*

4. *Fare.*

Pres. *faccio; faje; fà; facimmo; facite; fanno.*

Imp. *faceva.* — Perf. def. *facette, facielle; faciste; facette, fice; facéttemo; facistero; facétteno.* — Cong. Pres. *faccia.* — Cong. Imp. *facesse.* — Fut. *farraggio.* — Part. *fatto.*

Zweite Conjugation.

1. Klasse. — Perf. *i, ui (vi).*

bévere (bibere); zeppe; véppeto. — *chiòvere (pluere); chioppe; chióppeto.* — *mòvere (movere); moppe; moppeto* und *muosseto.* — *rómpere (rumpere); roppe; rompie; rotto.* — *sapére (sapere); sappe* und *zeppe; saputo.* — *tenére (tenere), tenne; tenuto.* — *vedére (videre); vedde, ridde, vedie; visto.* —

2. Klasse. — Perf. *si,* Part. *so, to* (*s* nach *n, l, r* zu *s*; vergl. Lautlehre pag. 15.).

accidere (occidere); accise; acciso. — *àrdere (ardere); arse; arso.* — *chiùdere (claudere); chiuse; chiuso.* — *cógliere (colligere); couse; colto, cùoto.* — *scégliere (exeligere); sceuse; scelto.* — *sciógliere (ex-solvere); sciòuse; sciòuto.* — *soccédere (succedere); soccesse; socciesso.* — *nascónnere (in-abscondere); nascose; nascuosto.* — *córrere (currere); corse; corso (soccorruto).* — *cócere (coquere); cotto.* — *arre-dùcere (re-ducere); arredusse; arredutto.* — *af-fénnere (of-fendere); affese; affiso.* — *fégnere (fingere); fense; finto.* — *frágnere (frangere); franto.* — *af-frijere (affligere); affritto.* — *jógnere (jungere); jonse; jonto, junto.* — *léjere (legere); letto; lejuto.* — *re-manére (remanere); remunase, rommase; remnasto, remmaso, rommaso.* — *méttere (mittere); mese, mise, mettie; messo, misso, mettuto.* — *ap-pénnere (appendere); appese; appiso.* — *perdere (perdere); perse; perdie; perso, perduto.* — *parere; parse; parso, paruto.* — *chiágnere (plangere); chianse; chianto.* — *pégnere (pingere); pegnie; pinto.* — *pónere (ponere); pose; puosto, posta.* — *prémere (premere); presso.* — *rénnere (rendere); rese; reso.* — *rìdere (ridere); rise; riso.* — *scénnere (scendere); scese; sceso.* — *scrìvere (scribere); scrisse; scritto.* — *sorrejere (surrigere); sorriesseto.* — *respónnere (respondere); respose; respuosto.* — *strégnere (stringere); strense; stretto, stritto, stregnuto.* — *strùdere (distruere); strutto.* — *nténnere (intendere); ntese; ntiso.* — *tégnere (tingere); tegnie; tinto.* — *con-vértere (con-vertere); converso.* — *véncere (vincere); vitto.* —

Mehr Unregelmässigkeiten zeigen:

1. potére (posse).

Pres. *pozzo; puoje; pò, pote; potimmo; potite; ponno.* — Imp. *poteva.* — Perf. def. *potette, potte.* — Cong. Pres. *pozza; puosse; pozza; pozzammo; pozzàte; pózzano.* — Cong. Imp. *potesse.* — Fut. *porragio.* — Part. *potuto.*

2. *sapére.*

Pres. *saccio*; *saje*; *sape*; *sapimmo*; *sapite*; *sanno.* — Imp. *sapéva.* — Perf. *sappe*, *seppe.* — Cong. Pres. *saccia.* — Cong. Imp. *sapesse.* — Fut. *saperraggio.* — Part. *saputo.*

3. *volére.*

Pres. *voglio*; *vuoje, vuò*; *vò*; *volimmo*; *volite*; *vonno.* — Imp. *voleva.* — Perf. *vose.* — Fut. *vorraggio.* — Cond. *vorria, vurria.* — Part. *voluto.*

Dritte Conjugation.

aprire (aperire); *aprie*; *apierto*, *araputo, araputo.* — *capire, capére (capere).* Pres. *capisco* und *capo.* Part. *capito, caputo.* — *dire (dicere).* Pres. *dico*; *dici*; *dice*; *dicimmo*; *decite*; *dicono.* Perf. def. *disse, dicette, decietle.* Part. *ditto.* Fut. *derraggio.* — *of-frire (of-ferre)*; *offerse, offrie*; *offerto.* — *scire (exire).* Pres. *esco, jisce, esce*; *scimmo*; *seite*; *escono.* Perf. def. *sete, scette.* Part. *sciuto.* — *morire (mori)*; *morie*; *muorto.* — *venire (venire).* Pres. *vengo*; *viene*; *vene*; *venimmo*; *venite*; *vengono.* Perf. def. *venne, venie, venette.* Part. *venuto.* Fut. *venerraggio.*

II. Declination.

1. Artikel. Der bestimmte Artikel ist *lo (lu)*, *la (illum, illam)*, im Munde des Volkes *o (u)*, *a*, — wie im Portug. —, der unbestimmte *no, na (unum, unam)*. Die Declination geschieht durch Vorsetzung von *de* und *a*.

Sg. N.	*lo (lu), o (u)*	*la, a*	Pl. *li, i*	*le, i*
G.	*de lo, du*	*de la, da*	*de li, di*	*de le, di*
D.	*a lo, au*	*a la*	*a li, ai*	*a le, ai*
A.	*lo (lu), o (u)*	*la, a*	*li, i*	*le, i*

2. Substantivum. Die Bildung des Plurals ist die gewöhnliche ital., nur wird die Endung *i* immer in *e* abgeschwächt. Einige Früchtenamen bilden den Plural auf *a*. Die Endung *e* liebt hellere oder diphthongierte Laute in der Tonsilbe (vergl. die 2. Ps. sg. beim Verbum), daher geht *e* in *i* über: *pemmece — pimmece*, oder in *ie*: *prevete — prievete*, *sceme — scieme*; *o* in *u*, besonders in den Wörtern auf *-one*: *cravone — cravune*, *scarafone — scarafune*, *sperone — sperune*, auf *-ore*: *servetore — serveture*, *colore — colure*, auch sonst: *persona — persune*, *voce — vuce*, *sposo — spuse*, *porra (porrere) — purre*, *otre — utre*; *o* in *uo*: *órdene — uordene.* Die schwerere Endung *a* liebt dagegen die einfachern Vocale und verwandelt daher *i* in *e*: *piro — pera*, *milo — mela*; *ie* in *e*: *niespolo — nespola*; *uo* in *o*: *crisuommolo — crisommola*, *percuoco — percoca*, *suorto — sorta.*

Dasselbe Lautgesetz dient auch zur Unterscheidung der Geschlechter: *lo pollitro — la polletra*, *lo parlettiere — la parlettéra*, *lo piecoro — la pecora*, *lo palummo — la palumma*, *lo turdo — la turda*, *lo suogro — la sogra.*

3. Adjectivum. In der Motion zeigt sich der eben erwähnte Lautwechsel: *frisco — fresca*, *friddo — fredda*, *proviécelo — proveceta*, *muscio — moscia*, *buono — bona*, *nuovo — nova.* — Die Comparation geschieht durch Vorsetzung von *chiù (plus)* und *lo chiù.* *Meglio (melius)* und *peo* oder *pero (pejus)* stehen adjectivisch statt des tosc. *migliore* und *peggiore*, jenes wird oft noch compariert *chiù mmeglio.*

4. Numerale. 1. *uno, una*, 2. *doje*, auch masc. *duje*, 3. *tre*, 4. *quatto*, 5. *cinco, cinche*, 6. *seje*, 7. *sette*, 8. *otto*, 9. *nove*, 10. *dece, diece*, 11. *únnece*, 12. *dudece*, 13. *tridece*, 14. *quattuordece*, 15. *quinnece*, 16. *sidece*, 17. *deceselte*, 18. *dece-*

dotto, 19. *decenove,* 20. *vinte,* 30. *trenta,* 40. *quaranta,* 50. *cinquanta,* 60. *sissanta,* 70. *settanta,* 80. *ottanta,* 90. *nonanta,* 100. *ciento,* 200. *duciento,* 300. *treciento,* 400. *quatto ciento* etc. 1000. *mile,* 2000. *domilia,* 3000 *tremilia* etc.

5. *Pronomen.* 1. Pron. personalia.

a) Disjunctive Form:

Sg.	*io*	*tu*	—	Pl.	*nuje*	*vuje*	—
	de me	*de te*	*de sè*		*de nuje*	*de vuje*	*de sè*
	a mme	*a tte*	*a ssè*		*a nuje*	*a vuje*	*a ssè*
	me	*te*	*sè*		*nuje*	*vuje*	*sè*

b) Conjunctive Form:

Sg. Dat.	*me*	*te*	*se*	Pl.	*nce*	*ve*	*se*
Acc.	*me*	*te*	*se*		*nce*	*ve*	*se*

In betonter Silbe wird *me, te, se* zu *mi, ti si: teccotillo, dammillo. Mene, tene* sind nachdrückliche paragogische Erweiterungen (s. bei *essere*). — Für die 3 Ps. tritt *isse, essa* (*ipsum, ipsam*), Pl. *isse, essa,* auch *loro* (tosc. *coloro — illorum*) ein.

2. Demonstrativa: *sto, sta,* oder *sso, ssa* (*istum, istam*); *chisto, chesta* oder *chisso, chessa* (*ecc' istum*); *chillo, chella* (*ecc' illum*); *sò* (*ecce hoc*).

3. Determinativa: *stisso, stessa* (*istum ipsum*); *medèsemo, medesema* (*met-ipsissimum*).

4. Relativa: *che* (*quem, quod*).

5. Interrogativa: *chi* (*quis*), *quà* (*qualis*).

6. Indefinita: *ognuno* (*omnis unus*), *caduno* (*usque ad unum*), *peruno* (*per unum*), *nesciuno* (*nec unus*).

7. Possessiva:

Masc. Sg.	*mio, tuo, sujo,*	Pl.	*mieje, tuoje, suoje.*
Fem. Sg.	*mia, tua, sua,*	Pl.	*meje, teje, seje.*
Masc. Sg.	*nuosto, vuosto,*	Pl.	*nuoste, vuoste.*
Fem. Sg.	*nosta, vosta,*	Pl.	*noste, voste.*

Eigenthümlich sind dem Neap. die aus dem Possessivum verkürzten Pronominal-Suffixe, wie sie auch im ältern Ital. vorkommen. Doch ist ihr Gebrauch auf den Sg. der 1. u. 2. Ps. bei Namen von Verwandtschaftsgraden beschränkt: *fràtemo* (*frater meus*), *sòrema, pàtemo, màmmama, marìtemo, moglièrama, ziemo, ziama, figliemo, figliama, ràtemo, ràrama, patrùnemo, patrùnama,* ebenso *fràteto, sòreta* etc. [*]).

---

[*]) Es sollten nun, um die bisher analysierte Mundart auch synthetisch vorzuführen, noch einige Proben aus der Litteratur folgen; da aber der Raum es nicht mehr gestattet, so behalte ich mir vor, was ich an ungedruckten Volksliedern und gesammelten Sprichwörtern der Neapolitaner besitze, später an geeignetem Orte zu veröffentlichen.

Schulnachrichten

von Ostern 1854 bis Ostern 1855.

I.

Chronik der Anstalt.

Das gegenwärtige Schuljahr begann mit dem 25. April und wird den 30. März geschlossen werden.

Aus dem Lehrercollegium schied, nachdem sich die Anstalt nur ein Jahr lang seiner Wirksamkeit an ihr zu erfreuen gehabt hatte, mit Ostern 1854 der sechste ordentliche Lehrer Herr Dr. Hasper, um die Stelle eines zweiten ordentlichen Lehrers als Conrector in Mühlhausen zu übernehmen. In seine Stelle rückte durch Ministerial-Genehmigung vom 30. Mai der bisherige Adjunct am hiesigen Gymnasium Herr Wentrup. Mit der Verwaltung der Adjunctur wurde provisorisch der damals seit einem halben Jahre hier als Probe-Candidat beschäftigte Herr Schulamts-Candidat Förster betraut und derselbe durch Ministerial-Rescript vom 22. Novbr. definitiv als Adjunct der Anstalt angestellt. Die Einweisung desselben in sein Amt erfolgte in der Morgenandacht des 4. December in Gegenwart des Herrn Scholarchen Bürgermeisters Steinbach durch den Director, die Belegung mit dem Staatsdiener- und Verfassungs-Eide den 22. Decbr. auf dem Raths-Sessionszimmer durch den Herrn Scholarchen Bürgermeister Steinbach in Gegenwart des Unterzeichneten *). — Der fünfte ordentliche Lehrer Herr Stier wurde unterm 15. August zum Correspondenten der Commission zur Erforschung und Erhaltung der Kunst-Denkmäler durch Se. Excellenz den Herrn Minister von Raumer, als Vorstand dieser Commission, ernannt.

Aus dem Kreise der Schüler hatten wir den Tod des Secundaners v. Thümen aus Göbel bei Coburg zu beklagen. Er starb den 12. Decbr. am Nervenfieber. Die Anstalt ehrte sein Andenken in den Morgenandachten des 13. und 14. Decembers, die Herr Professor Dr. Breitenbach und Herr Dr. Becker mit besonderer Beziehung auf diesen Todesfall hielten. Die Leiche wurde den 13. nach Göbel, um dort in dem Erbbegräbnisse der Familie beigesetzt zu werden, abgeführt.

---

*) Karl Wilhelm Julius Förster aus Wettin erhielt seine Gymnasialbildung auf der lateinischen Schule zu Halle und später auf dem Gymnasium zu Wittenberg, bezog Ostern 1848 die Universität Berlin, um daselbst Mathematik und Naturwissenschaften zu studiren, und machte eben dort im August des Jahres 1853 das Examen pro facultate docendi.

Die im Laufe des Jahres vorgekommenen Feierlichkeiten sind folgende:
1) Die gemeinschaftliche Abendmahlsfeier der Lehrer und confirmirten Schüler den 19. Mai und 20. October, wobei Herr Gymnasial-Lehrer Wentrup und Herr Professor Dr. Breitenbach die gebräuchliche paränetische Ansprache an die Schüler hielten.
2) Die Vorfeier des Geburtstages Sr. Majestät des Königs den 14. Oct. Vormittags 10 Uhr. Die Festrede hielt der Herr GL. Stier über das Thema: Was verdankt Wittenberg seinen Fürsten?
3) Die Feier des Reformationsfestes durch einen öffentlichen Redeactus. Sie fand am Vormittage des 1. Novbr. in folgender Weise Statt.
Gesang: Ein' feste Burg ist unser Gott.
Vorträge von 6 Primanern:
Georg Gygas: Der Protestantismus auf die Paulinische Lehre gegründet. Rede.
Wilhelm Freyschmidt: Les Vaudois. Rede.
Friedrich Hahn: Analogieen des Protestantismus in Italien im Oratorium der göttlichen Liebe. Rede.
Wilhelm Jänichen: Renatum litterarum antiquarum studium quantum ad sacra emendanda valuerit. Rede.
Otto v. Restorff: Luther und der Bauernkrieg. Rede.
Otto Uhlmann: Luther und Sickingen. Gedicht.
Gesang: Motette von Schärtlich für Männerstimmen: „Herr, unser Herrscher, wie herrlich ist dein Name in allen Landen!"
Vorträge von 6 Primanern:
Eduard Pohle: Joannem Fridericum, Saxoniae electorem, trecentos abhinc annos mortuum, merito appellatum esse magnanimum. Rede.
Friedrich Tönnies: Luther als Reformator der kirchlichen Musik und als Begründer des kirchlichen Gemeindegesanges. Rede.
Eduard Rindfleisch: Lutherus Vormatia redux. Ode.
Theodor Quenstedt: Der segensreiche Einfluß der Reformation auf die Kirche und das Leben. Rede.
Otto Schröter: Das Beginnen der Gegen-Reformation in Deutschland. Rede.
Julius Rindfleisch: Gustav Adolfs Tod. Gedicht.
Gesang: Psalm von Andreas Romberg für gemischten Chor: Lobt Gott den Herrn! Lobt ihn mit Saitenspiel ꝛc.
Gegen Ende des Schuljahrs hatten wir die Ehre, den Herrn Geheimenrath Professor Dr. Wiese auf zwei Tage, Mittwoch und Donnerstag den 28. Februar und den 1. März, zur Revision des Gymnasiums bei uns zu sehn. Er wohnte an beiden Tagen der Morgenandacht sowie den Unterrichtsstunden in allen Classen bei, besah die Räumlichkeiten des Gymnasiums und hielt zum Schlusse eine Ansprache an die Primaner und eine Conferenz mit dem Lehrercollegium. Lehrern und Schülern werden diese Stunden, gleich fruchtbar an methodischen Winken und Darlegungen wie an Geist und Willen belebenden und auf das rechte Ziel hinweisenden Aeußerungen unvergeßlich sein.

II.

Schreiben und Verfügungen der Behörden.

1) Vom Königl. Provinzial-Schulcollegium. Vom 3. März 1854. Es soll 1 Exemplar der Gesetzsammlung für das Gymnasium gehalten werden. — Vom 20. April. Abschrift eines Ministerial-Beschlusses, betreffend die Abänderung der Vorschriften vom 23. März 1825 über die Berechnung des Gehaltsverbesserungs-Abzugs der im Civildienst angestellten Militairpersonen. — Vom 3. Mai. Betrifft die Ertheilung von Privat-Unterricht durch Lehrer an Schüler derjenigen Classen, in welchen sie Unterricht ertheilen. — Vom 26. Juni. Die Benutzung der Schullocale zu andern als Gymnasialzwecken wird von der Genehmigung des Königl. Provinzial-Schulcollegiums, nach erfolgtem Berichte des Directors, abhängig gemacht. — Vom 8. Juni. Mittheilung eines Ministerial-Erlasses hinsichtlich der häuslichen Arbeiten der Schüler. — Vom 31. Juli. Von den zur Unterstützung bedürftiger Gymnasial-Lehrer für die Provinz Sachsen auf das laufende Jahr bestimmten 2000 Thlr. sind dem hiesigen Gymnasium 15 Thlr. zugefallen. — Vom 26. August. Mittheilung eines Ministerial-Rescripts vom 11. August 1854

an sämmtliche Königl. wissenschaftliche Prüfungs-Commissionen der Monarchie. Nachdem diesen Commissionen für das Französische und Englische noch besondere Mitglieder zugeordnet sind, werden die Anforderungen genannt, denen ein Candidat des höheren Schulamtes, welcher im Französischen und Englischen oder in einer dieser beiden Sprachen unterrichten will, zu genügen hat, um die facultas docendi in den beiden oberen oder nur in den unteren und mittleren Classen eines Gymnasiums oder einer höheren Bürger- und Realschule zu erhalten. — Vom 31. August. Mittheilung des Urtheils der Königl. wissenschaftlichen Prüfungs-Commission zu Halle über die Verhandlungen der hier zu Ostern v. J. abgehaltenen Abiturientenprüfung. — Vom 25. Sept. Mittheilung einer Circular-Verfügung des Herrn Finanz-Ministers, die den Zweck hat, dem seit einiger Zeit stattfindenden übermäßigen Andrange junger Leute zum Forstfache vorzubeugen, die vielfach verbreiteten irrthümlichen Ansichten über die Vortheile der forstlichen Laufbahn zu berichtigen und die daraus erwachsenden Täuschungen und Nachtheile von den Forsteleven abzuwenden. — Vom 4. October. Vom Herrn Finanz-Minister ist die unbedingte Stempelfreiheit aller Quittungen über Studien-Stipendien aus Staats-Fonds anerkannt worden. — Vom. 28. October. Mittheilung in einem Circular-Rescript, daß der Herr Unterrichts-Minister sich veranlaßt gesehen hat, die vom 7. Juni 1844 erlassene Verfügung in Erinnerung zu bringen, daß der Religions-Unterricht nur solchen Männern anvertraut werden soll, „die in der Prüfung vor der wissenschaftlichen Prüfungs-Commission als dazu wissenschaftlich befähigt anerkannt sind, zugleich auch die Eigenschaften des Gemüths besitzen, die religiöse Erziehung der Jugend mit Erfolg zu leiten und selbst erfüllt von dem Glauben an die Heilswahrheiten des Christenthums christliche Erkenntniß und Gesinnung in den Zöglingen zu wecken und zu pflegen im Stande sind." — Vom 15. December. In Folge einer Mittheilung des Herrn Handels-Ministers, daß die Direction der Königl. Bauakademie an verhältnißmäßig vielen, sowohl aus Gymnasien als aus Realschulen hervorgegangenen Schülern bei ihrer Aufnahme in die Bauakademie Mangel an genügender mathematischer Vorbildung wahrgenommen, hat sich der Herr Unterrichts-Minister veranlaßt gesehen, in einer Circular-Verfügung die Haupt-Gesichtspuncte bei Ertheilung des mathematischen Unterrichts zu bezeichnen und zugleich auf die Circular-Verfügung vom 20. October 1849.hinzuweisen, im Einklang mit welcher der Herr Handels-Minister bestimmt hat, daß denjenigen Schülern der Gymnasien, welche sich zu Staats-Baubeamten ausbilden wollen, keinerlei Nachlaß in den Anforderungen allgemeiner Bildung zu gewähren ist, von denselben vielmehr unbedingte Zeugnisse der Reife für die Universität gefordert und bedingte, auf die Reise zum Studium des Baufachs ausgestellte Zeugnisse als genügend künftig nicht angenommen werden. — Vom 20. Januar. Circular-Rescript, worin Bericht über die Grundsätze gefordert wird, welche an den Gymnasien der Provinz hinsichtlich der Schulgeldbefreiung befolgt werden. — Dazu 11 Rescripte als Begleitschreiben zu den vom Königl. Ministerium der Bibliothek geschenkten Büchern und zu Programmsendungen, und 3 in denen Bremeckers Logarithmorum nova tabula, Köne's Heliand und Bouterwecks biblische Dichtungen von dem Angelsachsen Cädmon empfohlen werden.

2) Vom Wohllöbl. Magistrate. Vom 7. April und vom 2. December. Die erst provisorische dann definitive Anstellung des Schulamts-Candidaten Förster als Adjunct am Gymnasium betreffend. — Vom 16. Mai. Genehmigung der vom Unterzeichneten unterm 10. Mai eingereichten Vorschläge über die Verwendung des Bestandes der Turnkasse für das Jahr 1853.

III.
Lehrverfassung.

1. Lateinische Sprache.

Prima: 3 Stunden. Tac. Germania, Annall. lib. I. und die sich auf die Germanen beziehenden Stellen der übrigen Bücher der Annalen und der Historien. Cic. oratt. Philippicae. I. III. IV. V. VI. VII. 3 Std. Stilübungen (Specimina nach Dietschens Uebungen im Lat. Stil, und daneben 50 Extemporalia) und Disputationen. Dir. Schmidt. — 2 Std. Hor. Od. lib. I u. II. Sat. I. 2, 5, 9. II 2, 6, 8. Epist. I, 6, 7, 17. 1 Std. Metrik und Versification. Im S. Horazische Metra. Praktische Uebung der Alcäischen und Sapphischen Strophe. Freie Gedichte: In Ulixem und in Penelopen. Im W. Disticha. Nach Seyffert: Die Klage der Ceres und auf den Tod Melanchthons. Prof. Dr. Breitenbach.

Die Themata zu den freien Aufsätzen waren folgende: Von allen gleich in der Schule bearbeitet wurden: 1. Quae Tacitus Annalium principio de reipublicae Romanae forma deinceps mutata dixit, exponantur accuratius. — 2. Quae quarto Iliadis libro continentur, exponantur ita, ut ad unam omnia rem pertinere appareat. — Von der älteren Abtheilung der Classe: 3. Perpetua, quae vocantur, epitheta libri XVI Iliadis in ordinem quendam redacta et explicata. — 4. Alexander ante pugnam Issicam militum fortitudinem oratione inflammans. Nach Curt. III, 10. — 5. Pugna Salaminia Herodoto et Plutarcho ducibus enarrata. — 6. Homericus in Iliade navium index quo et consilio et artificio a poëta confectus sit. — 7. Pericles cur jure Olympius appellari possit. — 6. Tres Ciceronis epistolae de Caesaris dominatu, caede rebusque inde consequutis ad Pomponium Atticum missae. — 8. Von der jüngeren Abtheilung: 9. Ulixes procorum protervitatem ulciscens. — 10. Themistoclis mores et ingenium Plutarcho duce exponantur. — 11. Vita Periclis Plutarcho duce enarretur. — 12. Secunda Demosthenis oratio Olynthiaca liberiore modo expressa Latine. — 13. Quomodo Demosthenes Atheniensibus, strenue fortiterque bellum contra Philippum gerendum esse, suaserit. — 14. Quaecunque in Philippicis Ciceronis orationibus I, III, IV, V ad historiam, mores et instituta Romanorum pertinent in ordinem quendam redacta explicentur. Dir. Schmidt.

Dazu 32 Disputationen Einzelner über Horaz Oden im ersten und zweiten Buche mit besonderer Rücksicht auf Bentley.

Secunda: 5 Std. Cic. pro Milone, de amicitia u. de senectute. 2 St. Stilübungen (Specimina nach Seyfferts Uebersetzungsbuch für Secunda, die Extempp. meist der Lectüre nachgebildet) 1 Std. Grammatik; 1 Std. Prosodie und Versification nach Seyfferts Palaestra Musarum. Prof. Dr. Breitenbach. — 2 Std. Virg. Aen. lib. II. III. IV. Dr. Becker.

Die Themata zu den freien Aufsätzen waren: 1. Orationis Milonianae priora capita octo quid habeant momenti ad defensionem rei. — 2. Darius adversus Scythas expeditio. — 3. Quae Ulixi ejusque sociis in Aeaea insula evenerint. — 4. Quo consilio quoque eventu Ulixes ad inferos descenderit. — 5. Qua de causa, quo modo et quo eventu Aristagoras Ionum seditionem concitaverit. — 6. Errorum Ulixis enarratio. — 7. Virtus, sine qua amicitiam esse posse negat Cicero, qualis sit, mit gegebener Disposition. — 8. De Catonis majoris vita et moribus, nach Cic. Laelius u. Cato.

Tertia: 4. Std. Caes. B. G. lib. VI. u. VII. 2 Std. Ov. Metam. lib. XIII. von V. 507 bis zu Ende, dann II. Phaëthon, Heliades, Coronis, Europa, u. III. Cadmus. 1 Std. Grammatik. 1 Std. Versübung nach Seyfferts Palaestra Musarum. Prof. Wensch. — 2 Std. Stilübungen (Specimina wöchentlich 1 nach Grotefends Materialien Curs. 2 H. 1 und alle 14 Tage 1 Extemporale) Dir. Schmidt.

Quarta: 5 Std. Nepos: Cimon, Dion, Timotheus, Pelopidas, Epaminondas, Agesilaus. 2 Std. Stilübungen nach Süpfle, und Grammatik nach Ellendt. 1 Std. Memorirübungen aus Döderleins Vocabularium und Nepos. Dr. Becker. — 2 Std. Poët. Anthologie von Siebelis, verbunden mit prosodischen Uebungen. Im S. 2 Std. Eutrop. Prof. Wensch.

Quinta: 10 Std. Unregelmäßige Formenlehre mit unterstützender Lectüre aus Schmidts Elementarbuch. Auswendiglernen gelesener Fabeln, Extemporalien, Specimina und schriftliche Uebersetzungen ins Deutsche. GL. Stier. Außerdem im S. 2 Repetitionsstunden für die Schwächeren bei dem zweiten Stipendiaten.

Sexta: 8 Std. Grammatik nach Ellendt (Regelmäßige Formenlehre bis zur 2. Conj. incl. mit der 2. Abtheil. Wiederholung derselben und Fortführung bis zur 4. Conj. incl. mit der 1. Abth.) verbunden mit Lectüre und schriftlichen Uebungen aus dem Elementarbuche von Schmidt. GL. Wentrup. Im W. noch 2 Repetst. für die Schwächeren bei d. 2. Stipendiaten.

2. Griechische Sprache.

Prima: 4 Std. Plut. Themistocles und Pericles. Demosthenes oratt. Olynth. I, II, III und in Philippum I, II. 1 Std. Hom. Il. I bis VI, IX u. X. 1 Std. Grammatik u. schriftliche Uebungen aus Caes. B. G. Dir. Schmidt.

Secunda: 3 Std. Herodot lib. IV mit Auswahl, lib. V u. VI vollständig. 2 Std. Hom. Od. lib. X, XI, XII, XIII, XIV, XIX, XX. 1 Std. Grammatik und schriftliche Uebungen. Prof. Dr. Breitenbach.

Tertia: Im W. 4, im S. 3 Std. Xen. Anab. lib. I c. 8 bis III c. 1. Im W. 1 Std. Hom. Od. lib. III. 2 Std. Grammatik und schriftliche Uebungen (nach Rost und Wüstemann, Curs. 2) Prof. Wensch.

Quarta: 4 Std. Die regelmäßige Formenlehre nach Buttmann verbunden mit Uebersetzen und schriftl. Uebungen aus dem Elementarbuche von Schmidt und Wensch. Im S. GL.

Stier, im W. GL. Wentrup. — 2 Std. für die erste Abth. Grammatik bis zu den Verbis auf
μι incl. mit Uebersetzen und Lesen aus demselben Elementarbuche. Dr. Becker. Außerdem
2 Std. Repetition der Grammatik mit den Schwächeren durch den ersten Stipendiaten.

3. Deutsche Sprache.

Prima: 2 Stunden. Geschichte der neueren Deutschen Litteratur von der Reformation
bis auf Göthe und Schiller. Lectüre und Erklärung von Göthe's Iphigenie in Vergleichung
mit der Orestie des Aeschylus und der Iphigenie des Euripides.

Die Themata zu den freien Deutschen Arbeiten in Prima waren: 1. a. Gottes Mühlen
mahlen langsam, mahlen aber trefflich klein. b. Almosen geben armet nicht, Kirchengehen
säumet nicht, Unrecht Gut faselt nicht, Gottes Wort treugt nicht. c. Eingenoß baut auf,
Zweigenoß reißt nieder. d. Halt dich rein, Acht dich klein, Sei gern allein, Mach dich nicht
gemein, So wird dir's allzeit wohl sein. (An Einzelne vertheilt). — 2. a. Ferne und Phantasie
oder b. Charakteristik eines großen Mannes aus dem dreißigjährigen Kriege, (Gustav Adolf,
Wallenstein ꝛc.) — 3. Größere Arbeit aus der geschichtlichen Privatlectüre nach den Hundstagsferien geliefert, theils nach Griechischen und Lateinischen Historikern, theils nach den Hülfsmitteln
der neuern Zeit. — 4. Wie einer lieset in der Bibel, So steht in seinem Haus der Giebel. —
5. Ludwig XIV. und Friedrich der Große von Preußen. (4. und 5. Extemporalien.) — 6.
Klopstock zu charakterisiren, besonders nach den gelesenen Abschnitten der Messiade und den
Gedichten in Echtermeyer's Auswahl. — 7. a. Die alten Griechen verglichen mit einem Volke
des alten Orients, entweder den Persern oder den Juden. b. Lessing's Verdienste um die
Deutsche Litteratur. — 8. Das Schicksal in Agamemnon's Hause und seine Lösung nach Gö-
the's Iphigenie (Extemporale). — 9. a. Die Lüge kehrt, ein losgedrückter Pfeil von einem
Gotte gewendet und versagend, sich zurück und trifft den Schützen (Göthe). b. Lust und Liebe
sind die Fittige zu großen Thaten (Göthe). — 10. Eine größere Arbeit aus der Privatlectüre der
Deutschen Litteratur nach den Weihnachtsferien geliefert; gewählt wurde dazu von den Schülern
Göthe's Iphigenie, Egmont, Götz von Berlichingen; Schiller's Wallenstein, Maria Stuart,
Jungfrau von Orleans, Braut von Messina, Wilhelm Tell; das Nibelungenlied, Minnesänger
des Mittelalters; Shakspeare's Hamlet, Romeo und Julia, Othello, der Kaufmann von Venedig. — 11. Einige Themata in Beziehung auf Göthe's Iphigenie vertheilt an Einzelne: der
Conflict in der Brust Iphigeniens, Charakteristik des Pylades, Orestes, die kunstvolle, echt dra-
matische Einwebung der Exposition ꝛc. Dr. Becker.

Secunda: 2 Std. Im S. Mittelhochdeutsche Grammatik nach Vilmar. Lectüre des
Nibelungenliedes, Uebung im Vortrage von Gedichten. GL. Wentrup. Im W. Fortsetzung
der Lectüre des Nibelungenliedes. GL. Stier.

Die Themata zu den freien Arbeiten waren: 1. Der Maimorgen, eine Schilderung. —
2. Die Horatier und Curiatier nach Liv. I. 23–27. Rede des Horatius. — 3. Der Kampf der
Patrizier und Plebejer in Rom bis zum Jahre 300. — 4. Geschichte des Röm. Decemvirats
(in der Classe gearbeitet). — 5. a. Geschichte des Milonischen Prozesses. b. Rede des Hannibal
am Fuße der Alpen. — 6. Woran scheiterte Hannibals Feldzug in Italien? — 7. Eine größere
Arbeit nach freier Wahl. GL. Wentrup. — 8. Karthago's Fall. — 9. Ueber die sogenannte
sitzende Lebensart. — 10. Wie unterschieden sich Tiberius und Cajus Gracchus von einander?
— 11. Die guten Seiten Sullas (in der Classe gearbeitet.) — 12. Schillers Spruch: Dreifach
ist der Schritt der Zeit ꝛc. — 13. Rüdigers Kampf im zwanzigsten Buche der Nibelungen.
— 14. Zeigt Hagens Charakter nur schlechte Seiten? (in der Classe gearbeitet). GL. Stier.

Tertia: Uebungen im Lesen, Wiedererzählen, freiem Vortrage, orthographischem
Quarta: Schreiben und in schriftl. Ausarbeitungen, mit Benutzung von Hiecke's Lese-
Quinta: buche und Echtermeyer's Gedichtsammlung. Tertia: 2 Std. Dr. Bern-
Serta: hardt. Quarta: 2 Std. Adj. Förster. Quinta: 4 Std. GL. Stier.
Serta: 3 St. GL. Wentrup.

Die Themata zu den Aufsätzen in Tertia waren: 1. Des Vaters Segen bauet den Kin-
dern Häuser. — 2. Jedem Narren gefällt seine Kappe. — 3 Die Kohle, eine naturgeschichtliche
Beschreibung. — 6. Das Glas. — 7. Das Betragen ist ein Spiegel, in welchem Jeder sein
Bild sieht. — 8. Untreue schlägt den eignen Herrn. — 9. Der Mann ist wacker, der, sein Pfund
benutzend, Zum Dienst des Vaterlands kehrt seine Kräfte. — 10. Warum gelang es den Deutschen Kaisern im Mittelalter nicht, festen Fuß in Italien zu fassen. — 11. Reichthum vergeht,
Tugend besteht. — Dazu folgende gleich in der Classe gearbeitete: 12. Die Sage vom Lango-
barden-Könige Algis. — 13. Tod Alboins. — 14. Die Sage von dem Kampf der Sachsen und

Thüringer. — 15. Der Schwanenritter, nach Grimm. — 16. Wenn der Stein aus der Hand ist, so ist er des Teufels. — 17. Gregor, ein Schüler des Bonifacius. — 18. Gottfried von Bouillon. — 19. Eine Heldenthat Gottfrieds von B. — 20. Weitere Charakterzüge Gottfrieds v. B. — 21. König Karl nach der Sage. — 22. Fortsetzung. — 23. In wie ferne gleichen sich die Zustände Deutschlands beim Regierungsantritte Heinrichs I. und Rudolfs von Habsburg, und in wie ferne sind beide Kaiser überhaupt zu vergleichen? — 24. Warum kann die Regierung Otto's des Großen eine glücklichere genannt werden als die Friedrichs I.?

4. Mathematik.

Prima: Im S. 4 Std. Stereometrie, die Lehre der eben- und krummflächigen Körper. Im B. 3 Std. Die Lehre der platonischen Körper und der Kegelschnitte. 1 Std. Aufgaben aus den verschiedenen Disciplinen der Mathematik. Dr. Bernhardt.

Secunda: Im S. 2 Std. Algebra bis zu den quadratischen Gleichungen. Dr. Bernhardt. 2 Std. Geometrie: das Verhältniß und der Flächeninhalt geradliniger Figuren, die Proportion der Linien in und an dem Kreise, die harmonische Theilung, die Lehre von den Aehnlichkeitspuncten und Potenzlinien. Adj. Förster. — Im B. 2 Std. Algebraische Geometrie. 2 Std. Ansatzlehre in den Gleichungen und Wiederholung der Algebra. Dr. Bernhardt.

Tertia: Im S. 3 Std. Elemente der Planimetrie nach Euklid B. I und Kreislehre B. III. Im B. 3 Std. Proportions- und Aehnlichkeitslehre nach Euklid B. IV. Dr. Bernhardt. — 2 Std. Die 4 Species der Buchstabenlehre und die Lehre von den Potenzen und Wurzeln. Adj. Förster.

Quarta: 4 Std. Decimalbrüche, Verhältnißrechnung, die einfache und zusammengesetzte Regeldetri, Zins-, Gesellschafts- und Mischungsrechnung nach Hentschel. Im S. Dr. Bernhardt; im B. Adj. Förster.

Quinta: Im S. 4 im B. 3 Std. Die Bruchrechnung der 4 Species mit unbenannten und benannten Zahlen und die einfache Regeldetri nach Hentschel. Adj. Förster.

Serta: 4 Std. Die 4 Species mit unbenannten und benannten Zahlen nach Hentschel. Adj. Förster.

5. Naturwissenschaften.

Prima: 2 Std. Mechanik und Akustik. Wöchentlich wurden von den Schülern Vorträge aus den verschiedenen Theilen der Physik gehalten und die dazu gehörigen Versuche ausgeführt. — Dr. Bernhardt.

Secunda: 1 Std. Im S. Die Lehre von der Electricität. Dr. Bernhardt. Im B. Die Lehre vom Galvanismus, Electromagnetismus und den Inductionserscheinungen. Adj. Förster.

Tertia: Im S. 2 Std. Mineralogie. Dr. Bernhardt. Im B. wurden die beiden Stunden für Mathematik verwandt.

Quarta: 2 Std. Botanik. Zeichenl. Schweckenbergte.

Quinta u. Serta: 2 Std. Zoologie. Die Säugethiere nach Schilling. Dr. Bernhardt.

6. Geschichte und Geographie.

Prima: 2 Std. Im S. Neuere Geschichte. Im B. Repetition der alten und mittleren Geschichte nach Dittmar, dann ausführlicher die Deutschen Kaiser von Karl dem Großen bis zu den Hohenstaufen und das Zeitalter der Kreuzzüge. Dr. Becker.

Secunda: 2 Std. Römische Geschichte, verbunden mit historischen Vorträgen. Cl. Wentrup.

Tertia: 2 Std. Deutsche Geschichte nach Welter und 1 Std. Geographie nach Daniel § 61 — § 79. Dr. Bernhardt.

Quarta: 2 Std. Geschichte des Mittelalters nach Welter und Geographie von Deutschland. Adj. Förster.

Quinta: 2 Std. Alte Geschichte, Rom und Griechenland nach Welter. Adj. Förster. 1 Std. Geographie: Preußen, Oestreich, Deutschland, die nördlichen Staaten Europas u. Uebersicht der gesammten Geographie. Prof. Dr. Breitenbach.

Serta: 4 Std. Die Geschichte der ältesten Völker nach Welter. Geographie von Europa. Adj. Förster.

7

7. Religion.

Prima: 2 Std. Lectüre der Apostelgeschichte im Grundterte und Kirchengeschichte nach Petri. Dir. Schmidt.

Secunda: 2 Std. Lectüre der Apostelgeschichte im Grundterte und Kirchengeschichte nach Petri. Dr. Becker. (Die frühere Combination von Prima u. Secunda in dieser Lection wurde aufgehoben, daher diesmal dasselbe Pensum in beiden Classen).

Tertia: 2 Std. Biblische Geschichte des A. T. nach Kurz; die historischen Bücher mit Auswahl gelesen, eine Reihe von Psalmen memorirt, die drei ersten Hauptstücke des Katechismus erklärt. Dr. Becker.

Quarta: 2 Std. Lectüre der historischen Bücher des A. T. und des Evangel. Matthäi, Erklärung des ersten Hauptstückes des Katechismus. Prof. Wensch.

Quinta u. Serta: 2 Std. Im S. Lectüre der historischen Bücher des A. T. vom Buche der Richter an und Auswendiglernen von Gesangbuchsliedern. Dir. Schmidt. — Im W. Das Buch Tobias und die Bücher der Maktabäer. Prof. Wensch.

8. Französische Sprache.

Prima: 2 Std. Menzels Handbuch S. 231—253, 85—111, 288—303 und Athalie von Racine. Sprechübungen im Anschlusse an die Lectüre, Repetition und weitere Ausführung der Syntar. Ertemporalien und Exercitien. GL. Wentrup.

Secunda: 2 Std. Ideler und Nolte I. S. 381—84, 298—300, 452—57, 416—19, 426—32, 266—69, 502—10. Auswendiglernen einzelner Stücke aus der Lectüre und Sprechübungen. Wiederholung der unregelmäßigen Verba und Syntar verbunden mit schriftlichen Uebungen. GL. Wentrup.

Tertia: 2 Std. Im S. Kärchers Lesebuch S. 63—76. Theilweises Auswendiglernen des Gelesenen, regelmäßige Formenlehre und unregelmäßige Verba. GL. Wentrup. — Im W. Kärchers Lesebuch Nr. 7, 4, 9. Schriftl. Uebersetzungen ins Deutsche und ins Französische. Wiederholung der regelmäßigen Conjugation und die meisten unregelmäßigen Verba. GL. Grier.

Quarta: 1 Std. Lesen und Auswendiglernen von Vocabeln, Anfänge der Grammatik nach Kempel. GL. Wentrup.

9. Hebräische Sprache.

Prima: 2 Std. Im S. Syntar nach Röbiger §. 119—130. Ins Hebr. übersetzt: Hantschke's Lesebuch Nr. 2, 4, 6, 25, 27, 90—92, 100; Cursorische Lectüre von 1. Reg. 12, 25—19, 21.; im W. vierzehn Psalmen ausgewählt aus Ps. XLII.—LXV. Repetition der Formenlehre und schriftl. Analysen. GL. Stier.

Secunda: 2 Std. Im S. Formenlehre nach Röbiger bis zu den unregelmäßigen Verbis in einer besonderen Stunde mit Secunda, Lectüre: Hiob c. 1 u. 2, und mit Sec. b allein 1. Sam. c. 1 u. 2. Im W. die übrige Formenlehre und 1. Sam. c. 3. 4, 1—18. 7. GL. Stier.

10. Philosophische Propädeutik.

Prima: 1 Std. Erläuterung der Elementa logices Aristotelicae von Trendelenburg. Dr. Becker.

11. Künste und Fertigkeiten.

Der Gesangunterricht wurde in allen Classen in 3 Stunden vom Herrn Gesanglehrer Stein, der Zeichenunterricht in den vier unteren Classen in zwei Stunden, der Schreibunterricht in IV. u. V. in 2, in VI. in 3 Stunden vom Herrn Zeichenlehrer Schreckenberger ertheilt. Die Turnübungen im Sommer leiteten Herr Dr. Becker u. Herr Adjunct Förster.

12. Redeübungen.

Diese seit 1844 hier bestehenden und im Programme von 1845 näher beschriebenen Uebungen haben sich uns fortwährend als zweckmäßig bewährt. In dem verflossenen Schuljahre wurden deren im Ganzen 13 von 240 Schülern aus allen Classen in allen Sprachen, die auf dem Gymnasium getrieben werden, und über fast alle in demselben vorkommenden Disciplinen gehalten.

Mit der Privatlectüre in den alten Classikern wurde es in derselben Weise gehalten, wie sie im Programm von 1853 beschrieben ist. In Prima und Secunda wurden vorzugsweise Ilias und Odyssee gelesen. Aus beiden wurden beim Beginne jedes Semesters die Bücher genannt, die in der Schule nicht vorkommen, und privatim gelesen, so daß jeder, der den Cursus in beiden Classen durchgemacht hat, beide Werke vollständig gelesen und, daß er sie gelesen, nachgewiesen haben muß. Außerdem wurde in Prima besonders Horaz und Cicero, von einzelnen Sophokles und Euripides, in Secunda manches aus Seyfferts Lesestücken, besonders gern die Partieen aus Ovids Fasten gelesen; in Tertia 11 Feldherrn des Nepos; in Quarta aus Nepos und Jacob's Lat. und Schmidts Griech. Elementarbuche; in Quinta aus Schmidts Lat. Elementarbuche II.

IV.
Statistische Verhältnisse.

1. Das Lehrercollegium.

Director Prof. Dr. Schmidt, Ord. von Prima. Die vier Oberlehrer: Prorector Prof. Wensch, Ord. v. Tertia; Conrector Prof. Dr. Breitenbach, Ord. v. Secunda; Subrector Dr. Bernhardt, Lehrer der Mathematik und Naturwissenschaften für alle Classen; Subconrector Dr. Becker, Ord. v. Quarta. Die beiden ordentlichen Lehrer Stier, Ord. v. Quinta, und Wentrup, Ord. von Serta. Der Adjunct Förster. Der Zeichen- und Schreiblehrer Schreckenberger, der Gesanglehrer Stein.

2. Zahl und Namen der Schüler.

Die Zahl der Schüler am Schlusse des vorigen Schuljahrs betrug 226. Von diesen verließen*) die Anstalt noch vor Beginn des neuen Schuljahrs 23, nämlich 3 aus Ober-Prima: Martin Stier, Adolf Hönemann und Adolf Türpen; 9 aus Unter-Prima: Wilhelm Eichhorn, Ferdinand Krause, Gustav Brecher, Emil Einem, Wilhelm Allstädt, Gustav Schmidt, Bernhard Todt, Johannes Karl, Franz Marheineke. Sie hatten alle 12 das Abiturientenexamen bestanden und 10 von ihnen wollten sich den Universitätsstudien, 2 dem höheren Forstfache widmen. — Ferner 1 aus Unter-Prima: Jacobi, auf unsern Rath; 1 aus Ober-Secunda, eben nach Prima versetzt: Gustav Schröbter; 1 aus Unter-Secunda: Bruno Schmidt nach Torgau aufs Gymnasium; 2 aus Ober-Tertia, eben nach Secunda versetzt: Wilhelm Fiering und Friedrich Hellwig; 4 aus Unter-Tertia: Türpen, der eben nach Ober-Tertia versetzt war, Karl Rättig nach Torgau aufs Gymnasium, Theodor Schulz und Hermann Haberland; 1 aus Ober-Quarta: Hermann Schlott, auf unsern Rath, nach Halle auf die Lateinische Schule; 1 aus Ober-Quinta, eben aus Quarta versetzt: Paul Hube.

Neu aufgenommen wurden im ersten Semester 24, so daß die Gesammtzahl der Schüler im Sommerhalbjahre 227 betrug. Von diesen verließen die Anstalt bis Michaelis im Ganzen 16 und zwar noch im Verlaufe des Sommers 7: 1 aus Ober-Secunda: Karl Witz, durch Verweisung, nach Halle auf die Lateinische Schule; 3 aus Unter-Tertia: Rudolf Böttcher, auf ein Schullehrer-Seminar, Wilhelm Bulk, auf ein Gymnasium in Westfalen, Oskar Volkmann auf die Realschule in Torgau; 2 aus Unter-Quarta: Emil Töpfer aufs Gymnasium in Bernburg, Hermann Nolte, auf ein landwirthschaftliches Institut, und Hugo Böttcher, auf die Realschule in Halle; ferner zu Michaelis 9: 2 aus Unter-Secunda: Karl Birkner, nach Halle auf die Lateinische Schule, und Thilo v. Trotha; 1 aus Ober-Tertia: David Rattrodt; aus Unter-Tertia, eben nach Ober-T. versetzt 2: Theodor Rättig aufs Gymnasium in Torgau, und Richard Rudloff aufs Joachimsthal in Berlin; aus Ober-Quarta 2: Gustav Pinkert u. Oswald Kaltwasser; aus Unter-Quarta 1: Karl Maye; aus Ober-Quinta, eben nach Quarta versetzt 2: Hermann Maye, beide auf eine Realschule in Berlin, und Bruno Wörmann, aufs Gymnasium in Paderborn.

Neu aufgenommen wurden im zweiten Semester 21, so daß die Gesammtzahl der Schüler im Winterhalbjahre 232 betrug. Von diesen verließen die Anstalt im Verlaufe des Winters 1 aus Ober-Secunda: Hermann v. Schierstädt; 1 aus Ober-Tertia: Karl Henning; 2 aus Ober-Quarta: Friedrich Hühnichen, auf unsern Rath, aufs Gymnasium in Torgau, und Karl

---

*) Ist bei den Abgegangenen nichts weiter bemerkt, so sind sie von unsrer Anstalt unmittelbar ins praktische Leben übergegangen.

v. Thümen, aufs Gymnasium in Zerbst. Durch den Tod verloren wir, wie oben, erwähnt, den Ober-Secundaner v. Thümen. Die Anstalt zählt also am Schlusse des gegenwärtigen Schuljahres 227 Schüler, von denen aber 2: die Tertianer Pfeiffer und Schöber das ganze und der Quintaner Reysig fast das ganze Semester hindurch durch Krankheit vom Besuche der Schule abgehalten wurden. Sie sind folgendermaßen durch die einzelnen Classen vertheilt*).

I.

Abtheilung 1.

Eduard Rindfleisch, aus Cöthen.
Julius Rindfleisch, desgl.
Wilhelm Jänichen, aus Niemegk.

Abtheilung 2.

Wilhelm Freyschmidt, aus Wittenberg.
Otto v. Restorff, aus Rackow in Mecklb. Schwerin.
Friedrich Tönnies, aus Schlamau bei Belzig.
Theodor Jericke, aus Wittenberg.
Friedrich Rahn, desgl.
August Rietz, aus Linda bei Schweinitz.
Adolf Huve, aus Belzig.
Eduard Pohle, aus Wittenberg.
Werner v. Reventlou, aus Staarzeddel bei Guben.
Otto Uhlmann, aus Lütte bei Belzig.
Otto Schröter, aus Treuenbrietzen.
Georg Gygas, aus Arentsee bei Gardelegen.
Richard Bauer, aus Seyda.
Karl Schwarz, aus Niemegk.
Wilhelm Hennig, aus Wittenberg.
Helmuth v. Maltzahn, aus Leistenow bei Demmin.
Hermann Giese, aus Wittenberg.
*Theodor Quenstedt, aus Pechau bei Magdeburg.
Friedrich Schneider, aus Wittenberg.
*Konrad v. Gerlach, aus Berlin.
Ferdinand v. Haslingen, a. Reichenwalde b. Frankfurt.
Friedrich Wegner, aus Bösewig.
Hermann Buchholz, aus Wittenberg.
Johannes Rüdiger, aus Selmsdorf bei Lübeck.
Otto v. Corvin-Wiersbitzki, a. Brols b. Greiffenberg.
Kurt Gueinzius, aus Prödel bei Zerbst.
Paul Freyberg, aus Radis bei Gräfenhainichen.
Alwin Schwietzke, aus Wahlsdorf bei Dahme.
*Gustav Bolkholz, aus Coburg.

32.

II.

Abtheilung 1.

Gustav Krause, aus Wittenberg.
Franz Graul, aus Rotta bei Kemberg.
Johannes Uhlmann, aus Lütte bei Belzig.
Hermann Schomburg, aus Wittenberg.
Adolf Brecher, desgl.
Joachim v. Reventlou, aus Jersbek bei Holstein.
Karl Mühlpfordt, aus Wittenberg.
Gustav Möller, aus Belzig.
Gustav Herrmann, aus Zinna.
Gustav Hellwig, aus Wittenberg.
Emil Liebe, desgl.
Karl Marheineke, aus Berlin.
*Johannes Uhre, aus Elsterwerda.
Ferdinand Dietrich, aus Zahna.
*Theodor Rausch, aus Düben.
*Oswald Böttcher, aus Schildau.
Emil Hellwig, aus Wittenberg.

Wilhelm Lehnhardt, aus Belzig.
Hermann Heinrich, aus Jüterbog.
*Georg Lude, aus Bleesern bei Wittenberg.
Wilhelm Finger, aus Jüterbog.
Ludwig Wensch, aus Wittenberg.
August v. Schierstädt, aus Dahlen bei Ziesar.
Wilhelm v. Müffling, aus Erfurt.
Karl Heinrich, aus Bosdorf bei Niemegk.
Wilhelm v. Heffft, aus Sandow bei Frankfurt a. O.
Ernst Wolff, aus Pratau bei Wittenberg.
Max Securius, aus Wittenberg.
Robert Rudolph, aus Pretzsch.
Heinrich Becker, aus Wittenberg.
Albert Bader, aus Schwanebeck.
Eduard Eberty, aus Wittenberg.
Richard Manirius, aus Elster.
Ernst Thümmel, aus Eutzsch.
Wilhelm Boldheim, aus Wittenberg.
Paul Dörstling, aus Altenburg.
*Gustav Starke, aus Zubenhain bei Torgau. 37.

III.

Abtheilung 1.

Adolf Günther, aus Eckmannsdorf bei Zahna.
Adalbert Parreidt, aus Wittenberg.
Bruno Hoffmann, desgl.
Wilhelm Laue, desgl.
August Bürdner, desgl.
Hermann Scheer, aus Rohrbeck bei Jüterbog.
Arwed Apitz, aus Wittenberg.
Fedor v. Brodowski, desgl.
Gustav Naumann, aus Dabrun bei Wittenberg.
Heinrich Hitzig, aus Berlin.
Friedrich Pfeiffer, aus Wittenberg.
*Konrad von Massow, aus Berlin.
*Karl v. Isenburg, aus Birstein bei Offenbach.
Friedrich Wiebicke, aus Wittenberg.
Hermann Schäfer, desgl.
Karl Krause, aus Trebitz bei Wittenberg.
Leonhard Schmidt, aus Wittenberg.
Johannes Richter, desgl.
Oskar Klaproth, desgl.
Oskar Schreckenberger, desgl.
Wilhelm Lude, aus Bleesern bei Wittenberg.
Wilhelm Voigt, aus Zahna.
Volkmar Rudolph, aus Bosdorf bei Wittenberg.
Bernhard Liebe, aus Wittenberg.
Heinrich v. Reventlow, aus Kiel.
Robert Schwarz, aus Niemegk.
Friedrich Bornmüller, aus Wittenberg.
Karl Knape, aus Treuenbrietzen.
Sigismund Hachmeister, aus Burgkemnitz bei Gräfenhainichen.

Abtheilung 2.

Julius Bockmann, aus Wittenberg.
Gustav Securius, desgl.

---

*) Die mit einem Sternchen Bezeichneten sind im gegenwärtigen Schuljahre neu aufgenommen, der beigefügte Ortsname zeigt den gegenwärtigen Aufenthaltsort der Eltern an.

Theodor Sußner, aus Wittenberg.
Jesko v. Puttkammer, aus Polen.
Hermann Mayer, aus Dobien bei Wittenberg.
Hermann Frabrett, aus Wittenberg.
Friedrich Held, desgl.
Thilo v. Trotha, desgl.
Gottlieb Leuchtenberger, desgl.
Moritz Bormann, desgl.
Friedrich Lehmann, aus Dubro bei Herzberg.
Wilhelm Thieme, aus Bleesern bei Wittenberg.
Günther v. Senfft, aus Sandow b. Frankfurt a. O.
*Theodor v. d. Bussche Lohe, aus Naumburg.
Karl Kauschmann, aus Zahna.
Richard Otte, aus Fröbben bei Jüterbog.
Hugo Scharfich, aus Wittenberg.
*Eduard Pintschovins, aus Borna bei Belzig.
*Richard Hennig, aus Raben bei Belzig.
*Gustav Busse, aus Zahna.
Julius Junker, aus Schweinitz.
Adolf Jacobi, aus Seyda.
Victor Bornmüller, aus Wittenberg.
Wilhelm Rouwolf, desgl.
*Karl Bahn, aus Jüterbog.
*Rudolf Hauffe, desgl.
*Oskar Schulz, desgl.
*Hermann Ritter, desgl.

57.

IV.

Abtheilung 1.

Georg Steinbach, aus Wittenberg.
Karl Meißner, desgl.
Gustav Koch, aus Belzig.
Gustav Pahlmann, aus Wittenberg.
*Adolf Neumann, aus Fürstenfelde bei Küstrin.
Karl Meyer, aus Wittenberg.
Louis Prillwitz, desgl.
Richard Bobbe, desgl.
Julius Andre, desgl.
Paul Brecher, desgl.
Otto Kühne, aus Bleesern.
*Richard v. Rheinbaben, aus Spandau.
Gottlob Wächter, aus Jüterbog.
Karl Kärnbach, aus Wittenberg.
Theodor Mayer, aus Doblen.
Wilhelm Schomburg, aus Wittenberg.
Leopold Wappisch, desgl.
Wilhelm Schütze, desgl.
Johannes Mänß, aus Raßlitt bei Wittenberg.
Detlev v. Buchwaldt, aus Neudorff in Holstein.
Albert Brose, aus Wittenberg.
Karl Lehmann, aus Grauwinkel bei Schönewalde.
*Robert Kröhne, aus der Thalmühle b. Wittenberg.
*Bernhard Lorenz, aus Niemegk.
*Richard Jones, aus Gardelegen.
Friedrich Michaelis, aus Wittenberg.
Heinrich Schirrmann, desgl.
Felix v. Gühlen, aus Schweinitz.
Theodor Quednow, aus Wittenberg.
*Richard Witte-Bornfeldt, aus Plantikow bei Stargard.
Hermann Trautmann, aus Wittenberg.
August Griehl, aus Bösewig.

Abtheilung 2.

Karl Schütze, aus Wittenberg.
Hugo Fritzsche, desgl.
Bruno Liebe, desgl.
Paul Treff, desgl.

Eduard Hansen, aus Wittenberg.
Wilhelm Guerzgius, aus Pröbel bei Zerbst.
Gustav Lüdecke, aus Wittenberg.
*Hermann Schöber, aus Rahnsdorf b. Wittenberg.
Oskar Donselt, aus Wittenberg.
Hermann Lehmann, a. Grauwinkel b. Schönewalde.
Karl Pauckert, aus Treuenbrietzen.
Georg Brase, aus Wittenberg.
Wilhelm Riebel, desgl.
Albert Gaage, aus Ernst bei Wittenberg.
Albert Meyer, aus Hagelberg bei Belzig.
Otto Joseph, aus Heegermühle bei Neustadt.
*Franz Arndt, aus Neuerstadt bei Schweinitz.
Hugo Hasper, aus Wittenberg.
Karl Röser, desgl.
Adelbert Kirsten, aus Kropstädt bei Wittenberg.

52.

V.

Abtheilung 1.

August Ludwig, aus Wittenberg.
Julian Eberty, desgl.
Richard Art, aus der Straube bei Wittenberg.
Otto Rostoski, aus Wittenberg.
Hermann Meyer, desgl.
Ferdinand Wiefigt, desgl.
Max Merker, desgl.
*Wilhelm Brandt, aus Zinna.
Ferdinand Rauch, aus Wittenberg.
*Gustav Brandt, aus Zinna.
Friedrich Musche, aus Wittenberg.
Wilhelm Lehmann, a. Grauwinkel b. Schönewalde.

Abtheilung 2.

Albert Schmidt, aus Wittenberg.
Richard Reyßig, desgl.
Oskar Giese, desgl.
Richard Quednow, desgl.
*Theodor Hänneberg, desgl.
Ernst Kühne, aus Bleesern bei Wittenberg.
*Eugen Witte-Bornfeldt, aus Plantikow bei Stargard.
Wilhelm Friesecke, aus Wittenberg.
Oskar Scheiwert, desgl.
*Bernhard Witte-Bornfeldt, aus Plantikow.
Hugo Andre, aus Wittenberg.
*Louis Löser, aus Kemberg.
Ferdinand Fuhrmann, aus Wittenberg.
*Wilhelm Hager, aus Coswig.
Hugo Merker, aus Wittenberg.
Karl Ludwig, desgl.

28.

VI.

Abtheilung 1.

*Gustav Strien, aus Wittenberg.
*Julius Kawig, desgl.
Karl Gerischer, desgl.
Otto Siebmann, desgl.
Gustav Pflug, desgl.
Oskar Liepe, aus Piesteritz bei Wittenberg.
Hermann Busch, aus Wittenberg.
Hermann Schmidt, desgl.
Amandus Arnoldt, desgl.
Wilhelm Müller, aus Trajuhn bei Wittenberg.
*Hermann Dietrich, aus Wittenberg.

Abtheilung 2.

*Karl Lehnhardt, aus Wittenberg.
*Otto Woppisch, desgl.
*Georg Glöckner, desgl.
*Wolf v. Trotha, desgl.
*Max Bernhardt, desgl.
*Heinrich Hennig, aus Raben bei Wittenberg.
*Rudolf Bornmüller, aus Wittenberg.
*Eugen Rostoski, desgl.
*Constantin Thomee, desgl.
*Ernst Berndt, aus Pratau bei Wittenberg.
21.

Gesammtzahl: 227.

Der diesmaligen Abiturientenprüfung unterzogen sich 16 hiesige Primaner. Die schriftl. Arbeiten wurden vom 12. bis zum 17. März angefertigt. Das Thema der Lateinischen war: Qui factum sit, ut Athenienses suam universaeque Graeciae libertatem feliciter contra Persas defensam obtinere non potuerint contra Macedones? das der Deutschen: Das eben ist der Fluch der bösen That, Daß sie fortzeugend Böses muß gebären. Die mündliche Prüfung wurde Donnerstag den 15. März unter dem Vorsitze des Königl. Commissarius Herrn Directors und Professors D. Schmieder abgehalten und folgenden 15 Abiturienten das Zeugniß der Reife ertheilt:

1. Eduard Rindfleisch, geb. zu Cöthen, Sohn des dort verstorbenen Regierungsraths R., 18½ J. alt, 4½ J. auf dem Gymnasium, 2 J. in Prima, darunter 1 J. als Primus scholae in Ober-Prima. Er will Medizin in Heidelberg studiren.
2. Julius Rindfleisch, geb. zu Cöthen, Sohn des dort verstorbenen Regierungsraths R., 16½ J. alt, 4½ J. auf dem Gymnasium, 2 J. in Prima, darunter 1 J. in Ober-Prima. Er will Jura in Heidelberg studiren.
3. Wilhelm Jänichen, geb. zu Treuenbrietzen, Sohn des Bürgermeisters J. zu Niemegk, 20¾ J. alt, 7½ J. auf dem Gymnasium, 2 J. in Prima, darunter ½ J. in Ober-Prima. Er will Theologie in Berlin studiren.
4. Wilhelm Freyschmidt, geb. zu Wittenberg, Sohn des daselbst verstorbenen Postdirectors Fr., 21 J. alt, 10½ J. auf dem Gymnasium, 2 J. in Prima. Er will Mathematik und Naturwissenschaften in Berlin studiren.
5. Otto v. Restorff, geb. zu Bonn, Sohn des zu Trier verstorbenen Preuß. Rittmeisters und Erbherrn auf Rackow in Mecklenburg Schwerin, 19½ J. alt, 5 J. auf dem Gymnasium, 2 J. in Prima. Er will Jura in Göttingen studiren.
6. Theodor Jericke, geb. zu Wittenberg, Sohn des Conditors J. daselbst, 18¾ J. alt, 8 J. auf dem Gymnasium, 2 J. in Prima. Er will Theologie und Philologie in Halle studiren.
7. Adolf Hupe, geb. zu Lübben in der Niederlausitz, Sohn des Superintendenten H. zu Belzig, 18½ J. alt, 1½ J. auf dem hiesigen, vorher auf dem Gubener Gymnasium, 2 J. in Prima. Er will Theologie in Halle studiren.
8. Werner v. Reventlou, geb. zu Kiel, Sohn des Grafen v. R. auf Staarzeddel bei Guben, 18¾ J. alt, 2½ J. auf dem hiesigen Gymnasium, vorher auf dem Salon bei Ludwigsburg, 2 J. in Prima. Er will Jura in Heidelberg studiren.
9. August Rietz, geb. zu Linda bei Schweinitz, Sohn des Häuslers R. daselbst, 20½ J. alt, 4½ J. auf dem Gymnasium, 1½ J. in Prima. Er will Theologie in Halle studiren.
10. Friedrich Mahn, geb. zu Wittenberg, Sohn des Schuhmachermeisters M. daselbst, 20½ alt, 9 auf dem Gymnasium, 2 J. in Prima. Er will Theologie und Philologie in Halle studiren.
11. Eduard Pohle, geb. zu Klepzig bei Belzig, Sohn des Vermessungs-Revisors P. zu Wittenberg, 20 J. alt, 9½ J. auf dem Gymnasium, 2 J. in Prima. Er will Jura in Halle studiren.
12. Otto Schröter, geb. zu Trebbin, Sohn des Superintendenten Schr. zu Treuenbrietzen, 19 J. alt, 6 J. auf dem Gymnasium, 2 J. in Prima. Er will Jura und Cameralia in Berlin studiren.
13. Georg Gygas, geb. zu Arendsee in der Altmark, Sohn des dort verstorbenen Steuer-Einnehmers G., 22 J. alt, 1½ J. auf dem hiesigen Gymnasium, vorher auf dem zu Stendal, wo er Ostern 1853 nach Prima versetzt war und sich dann ½ J. durch Privatunterricht fortgebildet hatte. Er will Medizin in Greifswald studiren.
14. Otto Uhlmann, geb. zu Fredersdorf bei Belzig, Sohn des Predigers U. zu Lütte bei Belzig, 19¾ J. alt, 8 J. auf dem Gymnasium, 2. J. in Prima. Er will Jura in Berlin studiren.
15. Friedrich Tönnies, geb. zu Schlammau bei Belzig, Sohn des Gastwirths T. daselbst,

:20] J. alt, 7 J. auf dem Gymnaſium, 2 J. in Prima. Er will Theologie und Philologie in Halle ſtudiren.

Unter ihnen erhielten Rietz, Jänichen, Hupe, Mahn und Tönnies zugleich das Prä-
dicat der Reife auch im Hebräiſchen.

Nach §. 24 des Prüfungs-Reglements und der Verfügung des Königl. Provinzial-
Schulcollegiums vom 30. Auguſt 1841 wurden in der mündlichen Prüfung wieder mehrere der
Abiturienten von den Unterrichtsgegenſtänden, in denen ſie ſich über ihre Reiſe ſchon durch die
ſchriftlichen Arbeiten und ihre Claſſenleiſtungen hinlänglich ausgewieſen hatten, dispenſirt: in 6
Gegenſtänden Rindfleiſch I., in 5 Rindfleiſch II., Jänichen und Hupe, in 4 u. Reſtorff, Jericke
und v. Reventlou, in 2 Freyſchmidt und Pohle, in 1 Rietz und Schröen.

Ihren auf die alten Sprachen verwendeten Fleiß haben unter den Abiturienten folgende
durch umfangreiche Lateiniſche Privatarbeiten bewährt:

1. Eduard Rindfleiſch: Primordia gentis Germanicae.
2. Julius Rindfleiſch: Agamemnonis qui fuerint mores Homero duce exponitur.
3. Jänichen: Dii rerum in Homeri Iliade narratarum auctores et eorum, a quibus
geruntur, adjutores.
4. Freyſchmidt: De iis, quae in Iliade inveniuntur, Homeri comparationibus.
5. v. Reſtorff: Quanta ingenii et orationis praestantia primo Taciti Annalium libro
eniteat.
6. Jericke: Quae singula singulorum principum Graecorum post Trojae excidium
fata fuerint.
7. Tönnies: Quo jure Tacitus (Ann. III, 30) judicaverit, Sallustium florentissimum
rerum Romanarum auctorem esse.
8. Mahn: Ciceronis vita ex ipsius epistolis enarrata.

Außerdem hat Jänichen noch folgende phyſikaliſche Deutſche Privatarbeit eingereicht:
Vergleichung der Newtonſchen und der Götheſchen Farbenlehre in Beziehung auf die Farben-
erſcheinung der natürlichen Körper.

3. Lehrapparat.

1) Die Bibliothek. a. An Geſchenken erhielt dieſe im verfloſſenen Jahre:

Von dem Königl. Unterrichts-Miniſterium: Rheiniſches Muſeum für Philologie
Bd. IX. — Kuhn, Zeitſchrift für vergleichende Sprachforſchung, Jahrgang 3. Heft 1—6 und
Jahrg. 4. H. 1 u. 2. — Corpus Reformatorum. Bd. 21. — Koſegarten, Codex Pomeraniae di-
plomaticus, Lief. 5. — Crelle, Journal für Mathematik Bd. 47 u. 48. — Hauſer, Elementa
Latinitatis.

Von den Verfaſſern: Lud. Breitenbach: 1) Xenophontis Oeconomicus 1841. Gothae,
sumptibus Hennings. 2) Xen. Agesilaus. 1846. ibid. 3) Xen. Hiero. 1847. ibid. 4) Xen. de
postremis belli Peloponnesiaci annis libri duo sive Hellenicorum quae vulgo feruntur libri I et
II. 1853. ibid. 5) Xenophons Memoiren. 1854. Leipz. Weidmanncke Buchhandl. 6) C. Nepotis
vitae excell. imperatorum. Mit andeutenden und erklärenden Anmerkungen für den Schulge-
brauch. Halle. Waiſenhausbuchhandl. 1846. — H. Schmidt, Lat. Elementarbuch für die beiden
unterſten Claſſen eines Gymnaſiums. 2te gänzlich umgearbeitete Aufl. — S. Stier, 1) Neapel
von S. Martino aus geſehen. Eine Beigabe zu Bädde's Panorama von Neapel. Mit einem
lithographirten Plane. 2) Iſt die albaneſiſche Sprache eine indogermaniſche? Abhandl. aus
dem Novemberheft der Allgemeinen Monatsſchrift für Wiſſenſchaft und Litteratur von 1854. —
Joh. v. Gruber, die Samniterkriege nach Livius. Lat. Leſebuch mit Wörterbuch und Karte. —
Adalbert Krueger, de ascensionibus rectis a Flamsteedio quadrantis muralis ope observatis. —
Aus dem Buche von Joh. Diederich Gries. Als Handſchrift gedruckt. Im Namen des un-
genannten Verf. von der Brockhausſchen Buchhandlung zugeſchickt.

Von den Verlegern: v. Seydlitz, Leitf. für den Unterricht in der Geogr. 7. Aufl. Bearb.
v. Dr. Gieſin. Breslau bei Hirt. — Chriſtliche Charaktere. Th. I: Aug. Herm. Francke von
Roſalie Koch, eben dort. — C. Villatte, Prakt. Lehr- und Leſebuch für die unterſte Stufe des
Unterrichts in der franz. Sprache. Neu-Strelitz bei Barnewitz. — R. W. Fritſche, Geſchichte
Roms, zum Ueberſetzen ins Lat. für Anfänger. 2. Aufl. Leipz. bei H. Fritſche.

Vom Herrn Stabsarzte Dr. Straßberger hier: T. Livii Pat. Romanae historiae principis
decades tres. Basileae. 1555. Fol. — Vom Herrn Kaufmann Karl Gieſe hier: Augustini de
civitate dei libri XXII, et de trinitate libri XV. Angebunden iſt Isidori Hispalensis liber ety-
mologiarum Basileae 1489. — Vom Herrn Referendar Meyer hier: 1) Valerius Maximus. Lugd. 1538.
2) Ovidii opera. Basileae ex off. Henricopetrina. 1568. 3) Ovidii opera cum Ph. Melanchthonis

in Fastorum libros scholiis. Basil. 1568. 4) Cic. de off. libri III. Francof. 1581. 5) Erasmi colloquia. Ulmae. 1747. 6) Jodoci Sinceri Itinerarium Galliae. Lugd. 1616. — Von Schülern der beiden oberen Classen: Kinder-Symphonie von Romberg und Ein Sommernachtstraum von G. Freiherrn Vincke. — Vom Primaner Tönnies: Natur- und Künstlericon von Sippold und Funke. Weimar 1801. 3 Bde.

b. Aus eigenen Mitteln wurden angeschafft:

Für die Lehrerbibliothek: Aus Auctionen oder von Antiquaren oder aus freier Hand gekauft: Philippi Melanchthonis Dialectica. Ein Collegienheft vom Jahre 1543. — Ilgenii tres commentationes Homericae. — Weiße, das Studium Homers. — Rhodomanni vita. Ed. Lange. — Plinii H. N. cum notis integris Harduini ed. Franzius. 10 Bde. — Gruppe's Ariadne. — Bötticher's Amalthea. 2 Bde. — Ersch und Grubers Allgem. Encyklopädie der Wissenschaften und Künste, 79 Bde mit Charten und Kupfern. — Simrock, Volks-Bücher der Deutschen. 6 Bde. — Soltau, Ein Hundert Deutsche historische Volkslieder. — Neu angeschafft: Stephani Thesaurus VII. 8. — Valerius Maximus. Ed. Kempf. — Curtius 1) Sprachvergleichung. 2) Tempora u. Modi. 3) Griech. Schulgrammatik. — Ciceronis Laelius. Mit einem Commentar von Seyffert. — Gisele, Entstehung der Gesänge der Ilias. — Bibliotheca philologica 1854. — Jahns Jahrbücher. — Mützells Zeitschrift für das Gymnasialwesen. — Karchers etymol. Wörterbuch. — Freese, Anleitung zum Uebersetzen ins Griechische. — Grote, Geschichte Griechenlands Bd. 4. — Mommsens Römische Geschichte Bd. 1. — Raumers Pädagogik B. 4. — Geschichtsschreiber der Deutschen Vorzeit Lief. 23. — Klopp, Geschichtsbibliothek. — Ritters Erdkunde. XVII. Abth. 1. Lief. 3. — Böhringer, die Kirche Christi II. 3. — Möller, Unterweisung in den 10 Geboten. Lief. 1—5. — Heubners Katechismuspredigten. — Maurer, Katharina von Bora. — Hollenberg, Hülfsbuch für den evangelischen Religionsunterricht in Gymnasien. — Heller, Lucas Kranach. — Dittmar, Geschichte der Welt. Bd. IV. Abth. II. Lief. 1. — Ullmann, der Koran. Menzel, Kunstwerke, Lief. 17 u. 18. — Kurz, Handbuch der Nationallitteratur. — Grimm, Deutsche Grammatik. Bd. 2. — Simrock, Walther von der Vogelweide. — Müllers Schulgesetzgebung. Lief. 4 u. 5. — Ewald, orographische Erdcharte. — Alexander u. Wilhelm v. Humboldt. — Aragos Werke Bd. 1, 2, 4 u. 11. — Poggendorfs Annalen. — Burmeisters Reise nach Brasilien nebst Atlas. — Teußkampf, physikalische Studien. — Hentschel, Aufgaben zum Zifferrechnen und zum Kopfrechnen. — Schlömilch, Geometrie. Bd. 2. — Galileo Galilei von Kaspar. — Schubert, Erwerb und Erwerbungen. — Gerhardt, Entdeckung der höheren Analysis. — Aus der Natur. Bd. 4.

Für die Schülerbibliothek: Stöbers Erzählungen 1 Bd. — Glatz, Wilh. Dollinger. Leben Schillers von Neumann. — Hoffmann, 4 Erzählungen. — Körner, Unser Vaterland. — Nieritz, Hausmütterchen. — Schubert, 4 Erzählungen. — Heintze, Naturbilder. — Gudrun v. Schmidt. — Horn, fünf Erzählungen.

2) Für das physikalische Kabinet: Eine Galvanische Batterie von 6 Elementen. — Ein magnetischer Rotationsapparat. — Ein Fallapparat für die Sehnen im Kreise.

3) Für den Zeichenunterricht: Hermes, Berliner Zeichenlehrer. 12 Hefte, 48 Blätter in Quart. — Hühnichen, 12 Blätter Blumenzeichnungen. — 4 größere Rahmen mit Glas zu größeren Vorlegeblättern.

4) Für den Gesangunterricht: 32 Stimmen zu Händels Messias.

4. Unterstützungen und Prämien der Schüler.

1. Von den dem Gymnasium Allerhöchsten Orts jährlich verwilligten 300 Thlr. Stipendiengeldern erhielten im verflossenen Jahre: die 2 Stipendien von je 40 Thlr. die Primaner Jänichen und Mahn; die 4 Stipendien von je 30 Thlr. die Primaner Rietz, Hennig, Schwarz und Schneider; die 5 Stipendien zu je 20 Thlr. der Primaner Tönnies und die Secundaner Uhlmann, Schomburg, Mühlpfordt.

2. Die Prämienbücher erhielten beim Schulschlusse vor Weihnachten: die Primaner Eduard Rindfleisch (Aeschylus Prometheus von Schömann), Julius Rindfleisch (Aeschylus Eumenides von O. Müller), Jänichen, Mahn, Rietz (jeder die Anthologie Griech. Lyriker v. Stoll), v. Restorff (Euripidis Iphigenia von Schöne), Jericke (Naturschilderungen von Schow); — die Secundaner Krause (Horaz von Dillenburger) und Graul (Homers Ilias von Faesi); — die Tertianer Günther (die Memoiren des Xenophon von Breitenbach), Leonhard Schmidt (Ciceros Reden von Halm. 1. Bd.), Hachmeister (Stolls Mythologie der Griechen und Römer), Oskar Schreckenberger (die Schule des Zeichnens); — die Quartaner Georg Steinbach und Bächter (jeder Krögers Norddeutsche Heldengeschichte), Neumann (Xenophons Anabasis von Hertlein), Lorenz, (Cäsars B. G. von Kraner); — die Quintaner Julian Eberty (Seydt's Kaiserbüchlein),

Albert Schmidt (Historische Gemälde von Künstler), Max Merker (das Buch der Wunder); — die Sertaner Strien (Cooks Entdeckungsreisen) und Karig (Oswald der Weltumsegler).

Außerdem wurde uns kurz vor Beginn der Hundstagsferien durch die Güte des Herrn Buchhändlers Hirt in Breslau das in seinem Verlage erschienene Buch „Ins Riesengebirge" als Geschenk mit der Bestimmung zugesandt, „damit einem armen und würdigen Schüler, der keine weitere Reise unternehmen könne, eine Ferien-Freude im verwandten Sinne zu bereiten." Es wurde dem Tertianer Wiedicke geschenkt.

5. An Schulgeld, Aufnahme und Entlassungsgebühren wurden den Schülern im verflossenen Schuljahre 485 Thlr. erlassen.

6. Freitische wurden unsern Schülern während des letzten Halbjahres im Ganzen 116 zu Theil. Die Gönner, welche sie ihnen gewährten, sind folgende:

Herr Diakonus Albrecht 3, Hr. Kaufmann Bambach 1, Hr. Dr. Becker 2, Hr. Dr. Bernhardt 2, Hr. Cantor Berg 2, Hr. Kaufm. Bölke 1, Hr. Rechnungsrath Bonsac 1, Hr. Prof. Dr. Breitenbach 1, Hr. Major v. Brodowski 1, Hr. Revisor Buchholz 2, Hr. Kaufm. Bultus 1, Hr. Feldwebel Dietrich 1, Hr. Sanitätsrath Dr. Dolscius 2, Hr. Assessor Eberty 1, Hr. Kaufm. Eichler 2, Hr. Bäcker Eßbach 1, Hr. Kreisrichter Friedrich 1, Hr. Banquier Gast jun. 2, Hr. Kaufm. K. Giese 1, Hr. Kaufm. L. Giese 2, Hr. Kaufm. Giesecke 1, Hr. Justizrath Glöckner 3, Hr. Dr. Groß 1, Hr. Drechsler Gröting 1, Frau Wittwe Gröting 1, Hr. Kaufm. Haberland 2, Hr. Bauschreiber Hahn 1, Hr. Postdirektor Hausen 1, Hr. Kaufm. Heydrich 1, Fr. Senator Hennig 1, Fr. Dr. Heubner 1, Hr. Diakonus Hoffmann 2, Hr. Medicinalrath Höre 1, Hr. Conditor Jericke 3, Hr. Polizei-Inspector Kachelrieß 1, Hr. Mühlenbesitzer Klotz 1, Hr. Senator Knoke 1, Hr. Uhrmacher Krause 3, Fr. Pastor Kricheldorf 1, Hr. Kreisthierarzt Lehnhardt 4, Hr. Oberlehrer Liere 1, Hr. Professor D. Lommatzsch 1, Hr. Posthalter Lösche 1, Hr. Hauptmann v. Löwenstern 1, Hr. Restaurateur Mäckert 2, Hr. Referendarius Meyer 1, Hr. Major a. D. Michaelis 1, Hr. Tuchscheer Neumann 2, Hr. Kaufmann Nitzschke 1, Hr. Glaser Poccar 1, Hr. Revisor Pohle 4, Hr. Senator Reinhardt 1, Hr. Tuchfabrikant Reinsberg 2, Hr. Kaufmann Riese 1, Hr. Proviantmeister Röser 1, Hr. Justizrath Rostocki 3, Hr. Diakonus Rother 1, Hr. Rentier Schellenberg 1, Hr. Professor D. Schmieder 5, Director Schmidt 5, Hr. Schneidermeister Schreier 1, Hr. Archidiakonus M. Seelfisch 1 Fr. Dr. Siebmann 1, Hr. Bürgermeister Steinbach 2, Hr. GL. Stier 1, Hr. Kaufmann Strensch 1, Hr. Glaser Strensch 2, Hr. Kupferschmiedemstr. Strumpf 1, Hr. Pastor Schoch 1, Hr. Steuer-Inspector Schulz 1, Fr. Rector Stutzbach 1, Hr. Rechts-Anwalt Treff 1, Hr. Kreisgerichtsrath Türpen 1, Hr. Dr. Wachs 1, Hr. GL. Wentrup 1, Hr. Seifensiedereibesitzer Zinner 1.

V.

Anordnung der diesjährigen öffentlichen Prüfung und der Entlassung der Abiturienten.

Mittwoch den 28. März
Vormittags von 9 Uhr an.

Choral: Dein ist auch meine Jugendzeit.

Sechste Classe: Latein . . . . . . Gymnasial-Lehrer Wentrup.
Sechste Classe: Geschichte . . . . . Adjunct Förster.
Fünfte Classe: Latein . . . . . . Gymnasial-Lehrer Stier.
Vierte Classe: Griechisch . . . . . Dr. Becker.
Vierte Classe: Rechnen . . . . . . Adjunct Förster.
Dritte Classe: Latein . . . . . . Professor Wensch.

Donnerstag den 29. März
Vormittags von 9 Uhr an.

Choral: Aus deiner milden Segenshand.

Dritte Classe: Geschichte . . . . . Dr. Bernhardt.
Zweite Classe: Latein . . . . . . Professor Dr. Breitenbach.
Zweite Classe: Physik . . . . . . Adjunct Förster.
Erste Classe: Mathematik . . . . . Dr. Bernhardt.
Erste Classe: Griechisch . . . . . Director Schmidt.

Nachmittags von 2¼ Uhr an:

Abiturienten=Actus.

Choral: Ach bleib mit deiner Gnade.

Der Abiturient **Mahn**: Supremus Hectoris cum Andromacha sermo. Gedicht.

Der Abiturient **Pohle**: Wodurch wurde der Verfall des Römischen Volkes seit dem dritten Punischen Kriege beschleunigt? Rede.

Der Abiturient **Jericke**: Aeneas patrem ex Trojae incendio portans. Gedicht.

Der Abiturient **Rietz**: Vita Augustini. Rede.

Der Abiturient **Jänichen**: Alexander Volta's Leben. Rede.

Der Abiturient **Hupe**: Arminius libertatis Germanicae vindex. Rede.

Der Abiturient **Eduard Rindfleisch**: Quae Germanis cum Graecis antiquis similitudo sit. Rede.

Der Abiturient **v. Restorff**: Karls V. Klosterleben. Rede.

Der Abiturient **Uhlmann**: Friedrichs des Großen Verhalten zur Deutschen Sprache und Litteratur. Rede.

Der Abiturient **Freyschmidt**: Frédéric Guillaume, électeur de Brandenbourg, pourquoi mérite-t-il le surnom de Grand? Rede.

Der Abiturient **Julius Rindfleisch**: Wikinger=Traum. Gedicht, womit derselbe zugleich im Namen der Abgehenden Abschied von der Anstalt nimmt.

Der Primaner **v. Gerlach**: Abschied des Landgrafen Ludwig von Thüringen bei seinem Aufbruche nach dem gelobten Lande. Gedicht, womit derselbe den Abgehenden im Namen der Zurückbleibenden ein Lebewohl zuruft.

Choral: Schon schlägt die Trennungsstunde. Vierstimmig vom Gymnasialchor gesungen.

Entlassung der Abiturienten durch den Director.

Recitativ und Chor aus Haydns Jahreszeiten: Seht, wie der strenge Winter flieht. Vom Gymnasialchor gesungen.

VI.

Schluß des alten und Beginn des neuen Schuljahrs.

Das gegenwärtige Schuljahr wird Freitag Vormittag den 30. März geschlossen, das neue beginnt Dienstag den 17. April. Die schriftliche Prüfung der neu aufzunehmenden Schüler findet Freitag den 13. April, die mündliche Sonnabend den 14. April Statt.

H. Schmidt.